Sonja Kaiblinger

# Scary Harry
## Ab durch die Tonne

Alle Bände von **Scary Harry**:

Band 1: Von allen guten Geistern verlassen
Band 2: Totgesagte leben länger
Band 3: Meister aller Geister
*Band 4: Ab durch die Tonne*

Sonja Kaiblinger

# SCARY HARRY
## Ab durch die Tonne

Mit Illustrationen von Fréderic Bertrand

Band 4

Loewe

FSC
www.fsc.org
MIX
Papier aus verantwortungsvollen Quellen
FSC® C083411

ISBN 978-3-7855-8036-3
1. Auflage 2015

Umschlag- und Innenillustrationen: Fréderic Bertrand
Umschlaggestaltung: Elke Kohlmann
Redaktion: Christiane Rittershausen
Printed in Germany

www.loewe-verlag.de

# Inhalt

# Der merkwürdige Mr Melvin Malone

Dieser Frühling war kein Zuckerschlecken. Und das lag nicht nur daran, dass Ottos Lehrer eine Prüfung nach der anderen schreiben ließen, um die Schüler der Sigmund-Schwefelkopf-Schule vor den Sommerferien noch einmal ordentlich zu quälen. Noch viel mehr nervte es, dass die blühenden Gräser, die warmen Temperaturen und der Sonnenschein jedem in Ottos Umgebung heftige Frühlingsgefühle zu verpassen schienen.

Ottos Kumpel, der Sensenmann Harold, war neuerdings unsterblich in seine Kollegin Gundula verliebt – auch wenn er das nur über seine Leiche zugegeben hätte. Und sogar Ottos Hausfledermaus Vincent war vom Liebesvirus befallen. Pausenlos schwärmte der kleine Kerl von Ms Singh, Ottos Kunstlehrerin. Es war zwecklos, ihm zu erklären, dass diese Liebe keine Zukunft hatte.

Seit Vincent sein Herz verloren hatte, war er nervtötender als je zuvor und leider zu nichts mehr zu gebrauchen. Dabei wäre Otto gerade jetzt, während dieses schwierigen Mathetests, froh über seine Unterstützung gewesen. Er hatte sich sogar absichtlich in die letzte Reihe gesetzt, wo ihm Vincent die richtigen Antworten gefahrlos mit einem kleinen Taschenrechner ausrechnen und dann aus der Tasche seines Sweaters hätte zuflüstern können. Doch anstatt zu helfen, hatte Vincent sich in das flauschige Futter von Ottos Pullover gekuschelt und träumte vor sich hin, während ihm hin und wieder ein erwartungsvoller Seufzer entwich. Kein Wunder, denn in der nächsten Stunde hatten sie Kunst.

»Hey, du Schnarchnase! Wie lautet die Quadratwurzel von hundertneunundsechzig?«, zischte Otto seiner Hausfledermaus zu, als er die einfachen Aufgaben gelöst hatte. Von Zahlen über hundert hatten sie im Unterricht nie die Wurzel gezogen, darum empfand Otto den Test heute als extrafies. »Vincent, mach schon. Kannst du mir helfen?«

Es dauerte einige Augenblicke, dann bewegte sich schließlich etwas in Ottos Sweater, gefolgt von einem lang gezogenen Gähnen. »Oh Mann, Otto, wäre es nicht besser gewesen, du hättest gestern Abend für Mathe gelernt, anstatt mit Harold in seiner alten Schrottkiste durch die Stadt zu gurken?«, meckerte Vincent aus der

Tasche. »Deine Klassenkameradin mit den roten Haaren und der hässlichen rosa Brille scheint jedenfalls kein Problem mit den Fragen zu haben.«

»Also erstens ist Megan ein Taschenrechner auf zwei Beinen. Und zweitens war die Spritztour mit Harold schon letzte Woche. Ich musste ihm dabei helfen, einen schönen bunten Blumenstrauß für Gundulas Todestag auszusuchen. Kann es sein, dass die Liebesviren schon dein Gedächtnis angegriffen haben?«

»Liebes-*was*? Du tickst wohl nicht richtig, mein Freund!« Empört reckte Vincent seinen pelzigen Kopf aus der Tasche, doch Otto drückte ihn sanft wieder zurück, bevor irgendjemand in der Klasse etwas mitbekam.

»Jetzt tu doch nicht so, Vincent. Du bist schon seit dem Wochenende ganz aufgekratzt, weil du weißt, dass wir Mittwoch Kunst haben. Und jetzt hilf mir endlich, sonst … sonst setz ich dich in einer einsamen Höhle in Schottland aus. Inklusive Bären.«

Vincent knurrte verärgert. »Dann … dann erschrecke ich Tante Sharon, wenn sie morgens unter der Dusche steht.«

»Das wagst du nicht!«

»Wetten doch?«

»Schscht«, machte Ottos beste Freundin Emily, drehte sich zu ihm und schüttelte tadelnd den Kopf. Otto warf einen schnellen Blick zum Lehrerpult, wo Mr Pickles, der ständig verwirrte Mathelehrer, gerade seelenruhig in einer Zeitung blätterte. Zum Glück hatte er nichts gehört.

Dann eben ohne Hilfe. Otto beschloss, auf Vincent zu pfeifen, sich auf den Fragebogen auf seinem Tisch zu konzentrieren und zumindest einige der kniffligen Quadratwurzeln zu lösen. Er gab seinen Test schließlich als Letzter ab, als es schon zur nächsten Stunde mit Ms Singh läutete.

Doch Ms Singh erschien nicht. Es verging fast eine Viertelstunde und die Klasse wurde zunehmend unruhig. Stan und sein Sitznachbar Ben hatten aus Langeweile damit begonnen, mit einem Strohhalm Papierkügelchen durchs Klassenzimmer zu schießen. Otto duckte sich gerade noch rechtzeitig, als eins der Geschosse in seine Richtung flog.

»Was ist denn mit Ms Singh los?«, murmelte Emily und starrte auf die geöffnete Klassenzimmertür. Auf dem Flur war es ruhig, in den anderen Klassen schien der Unterricht weiterzugehen. »Nicht dass ich etwas gegen eine kleine Auszeit nach diesem nervigen Test hätte. Aber Ms Singh kommt normalerweise nie zu spät.«

»Ach du bröselige Bratwurst!« Vincents Müdigkeit schien wie weggeblasen und er zappelte unruhig in Ottos Pullover hin und her. »Was ist, wenn ihr etwas zugestoßen ist? Habt ihr daran schon mal gedacht, ihr beiden Dumpfnasen? Oh nein! *Bestimmt* ist ihr etwas zugestoßen!« Er machte Anstalten, aus dem Pullover zu kriechen und Otto hatte Mühe, ihn festzuhalten. »Otto, meinst du nicht, ich sollte mal aus der Klasse flattern und nachsehen, wo sie steckt?«, japste Vincent, der jetzt ganz aufgeregt war. »Vielleicht ist sie … im Lehrerzimmer gestolpert und hat sich den Kopf am Kopierer gestoßen. Oder der Hausmeister hat sie auf dem Klo eingesperrt. Oder vielleicht wurde sie entführt! Und jetzt hält sie der Kidnapper irgendwo mutterseelenallein fest. Im Turnsaal, ganz hinten bei den miefenden Trikots. Oh, Otto, ich muss nach ihr sehen!«

»Jetzt mal nicht den Teufel an die Wand, Vincent«, zischte Emily ihm zu. »Bestimmt ist Ms Singh einfach krank. Liegt daheim mit einer fiesen Grippe im Bett. Oder … autsch, Stan, jetzt hör doch mal auf damit! Deine angesabberten Papierkügelchen kannst du behalten.«

Stan grinste nur dumm und ballerte seine Munition weiter in alle Himmelsrichtungen.

»Emily hat recht, Vincent«, bekräftigte Otto, während sich Emily das Papier aus den Haaren pulte. »Das ist bestimmt kein Grund zur Sorge. Womöglich steht sie im Stau oder ihr Auto hat einen Platten …« In diesem Moment näherten sich im Flur eilige Schritte. »Na siehst du, Vincent, ich habe doch gesagt, dass Ms Singh –«

»Direktorin Dimpleby?«, rief Emily verdutzt, als plötzlich nicht Ms Singh, sondern die dicke Schulleiterin das

Klassenzimmer betrat. Im Schlepptau hatte sie einen blassen schlaksigen Herrn mit altmodischem Hut und einen Jungen mit Sommersprossen und Brille. Eins von Stans Papierkügelchen traf den Hut des Herrn, woraufhin der ihn mit einem grimmigen Blick bedachte.

»Untersteh dich gefälligst, Stan!«, ermahnte ihn die Direktorin, zog ihm den Strohhalm aus der Hand und pfefferte ihn in den Mülleimer. »Wenn du deinen neuen Kunstlehrer noch einmal mit Papier bewirfst, dann –«

»Ach du schrumpeliges Freilandei! Ein neuer Kunstlehrer?«, krächzte plötzlich Vincents Stimme lautstark durch die Klasse. »Etwa die miesepetrige Bohnenstange da vorne? Aber … wir haben doch Ms Singh.«

Alle Blicke richteten sich auf Otto. Einige Kinder kicherten.

»Ach du schrumpeliges Freilandei?« Mit energischen Schritten eilte Direktorin Dimpleby durch die Reihen und baute ihren pummeligen Körper vor Ottos und Emilys Tisch auf. »Kam das etwa von dir, junger Mann?«

Otto spürte, wie seine Wangen heiß wurden. »Ich … äh …« Er räusperte sich. »Ich habe nichts gesagt, Mrs Dimpleby. Ich habe bloß gehustet.«

»Gehustet?« Sie schnaubte und starrte verärgert auf Otto herab. Wie immer roch ihr Atem ein wenig nach Fisch. »Junger Mann, du begleitest mich jetzt in mein Büro, wo ich deine Tante anrufen und ihr mitteilen werde, dass du dich gegenüber dem Lehrpersonal ausgesprochen respektlos –«

»Lassen Sie Otto hier, Mrs Dimpleby«, unterbrach sie plötzlich der schlaksige Typ mit dem Hut. Seine stechend blauen Augen musterten Otto, während er mit einem Regenschirm energisch auf den Parkettboden klopfte. »Wir werden noch einmal Gnade vor Recht ergehen lassen.«

Mrs Dimpleby presste die Lippen zusammen und musterte Otto mit einem argwöhnischen Blick. »Na, meinetwegen«, sagte sie schließlich und wandte sich wieder der Klasse zu. »Dann möchte ich euch an dieser Stelle euren neuen Kunstlehrer vorstellen.« Sie deutete auf den neuen

Lehrer, der soeben für Otto Partei ergriffen hatte. »Das ist Mr Melvin Malone. Er wird Ms Singh für einige Zeit vertreten, da sie nach Indien gereist ist, um dort ihren Verlobten Swami Shanti Betilan zu ehelichen. Die beiden kehren erst in einigen Monaten nach England zurück.«

»Ms Singh ist … wird h…hei–«, stammelte Vincent, doch Otto versetzte ihm einen festen Stups. Die Fledermaus verstummte beleidigt und fuhr dann im Flüsterton fort: »Ist dieser Swami etwa auch eine Fledermaus, so wie ich?«

»Das wage ich zu bezweifeln«, zischte Otto zurück. »Und jetzt halt gefälligst die Klappe, Vince!«

»Und das führt uns auch schon zur nächsten Neuigkeit. Ihr bekommt ab heute nicht nur einen neuen Lehrer, sondern auch einen neuen Mitschüler. Albert ist vorige Woche mit seinen Eltern in die Stadt gezogen«, fuhr Mrs Dimpleby fort und schob nun den Jungen mit den Sommersprossen und der Brille nach vorne.

Während Mrs Dimpleby erzählte, dass Albert bis vor Kurzem auf eine renommierte Privatschule gegangen war, dort lauter exzellente Noten bekommen hatte und außerdem eine Vielzahl von ausgefallenen Hobbies besaß, beugte sich Otto zu Emily hinüber. »Sag mal, findest du Mr Malone nicht auch merkwürdig?«, flüsterte er.

»Woher kennt dieser Typ denn meinen Namen? Mrs Dimpleby hat mich gar nicht Otto genannt, und doch –«

»Schscht.« Emily legte den Finger auf die Lippen und starrte ehrfurchtsvoll den neuen Schüler an, der sich gerade in der Klasse umblickte. »Hast du denn gar nicht zugehört, Otto? Albert hat den Jungforscherpreis des englischen Königshauses bekommen. Da habe ich mich auch beworben, aber ich habe es nicht mal in die Vorrunde geschafft. Nur die Besten der Besten dürfen daran teilnehmen.«

»Tja, schon beeindruckend«, antwortete Otto. »Aber dieser neue Lehrer –«

»Ja, ich!«, rief Emily plötzlich lautstark und sprang auf. »Mrs Dimpleby, ich kümmere mich gerne um Albert und zeige ihm unsere Schule. Und ich erkläre ihm natürlich auch gerne, was in nächster Zeit hier alles so ansteht. Zum Beispiel die Lesenacht morgen Abend in der Schule.« Offenbar hatte sie Otto noch nicht mal richtig zugehört.

»Das ist sehr freundlich von dir, Emily«, sagte Mrs Dimpleby wohlwollend und Albert lächelte unsicher. Vor der Klasse schien sich der Junge nicht besonders wohlzufühlen. Er trat nervös von einem Bein aufs andere, bevor er schließlich zu seinem Platz ging und seine Wasserfarben auspackte. Trotzdem bestaunte ihn Emily die ganze Zeit, als sei er das achte Weltwunder.



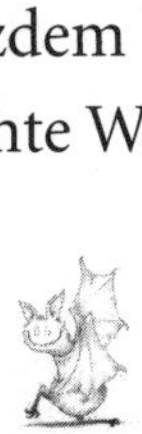

Otto schmollte. Warum ignorierte seine Freundin ihn einfach? Es mochte ja sein, dass dieser Albert hochintelligent war, doch die aufregendere Frage war ja wohl, warum der Kunstlehrer einfach so Ottos Namen kannte. Warum er sich so merkwürdig altmodisch ausdrückte. Und warum er mit seinem runden Hut, der eleganten Kleidung und dem Regenschirm so gar nicht aussah wie ein typischer Kunstlehrer – eher wie eine schaurige Figur aus einem längst vergangenen Jahrhundert.

Doch Emily schien sich daran nicht im Geringsten zu stören. Sie schien noch nicht mal stutzig zu werden, als Mr Malone die Klasse schließlich aufforderte, sich ein Motiv zu suchen und »irgendein hübsches Ölgemälde« zu malen. Hatte er denn noch nie davon gehört, dass man in der Schule längst nicht mehr mit Öl-, sondern mit Wasserfarben malte?

»Das ist doch nie und nimmer ein richtiger Kunstlehrer«, murmelte Otto, als er die Farben anrührte und anfing, ein Skelett in einer Kutte zu malen. »Ms Singh hat uns immer genaue Anweisungen gegeben, was wir malen sollen.« Er schnaubte. »Ich glaube, Mr Malone versteht von Kunst noch weniger als Mr Pickles. Und das mag was heißen.«

Emily schien noch immer abgelenkt. »Findest du es nicht einfach fabelhaft, dass Albert neu in unsere Klasse gekommen ist? Endlich mal jemand, der mir ebenbürtig ist. Jemand, mit dem ich mich über physikalische Gesetze, den Kosmos oder Astronomie austauschen kann!« Ihre Augen leuchteten vor Begeisterung.

»Ebenbürtig?«, krächzte Vincent aus Ottos Pullover. Offenbar hatte er sich von seinem Schock, was Ms Singh betraf, ein wenig erholt. »Das soll wohl heißen, dass du dumm wie ein Kartoffelsack bist, Otto. Haha, und ich wette, dein Mathetest ging auch gehörig in die Binsen!«

Otto kniff verärgert die Lippen zusammen und verpasste seinem Skelett eine Sense, die leider ziemlich krumm geriet.

Jetzt drehte Emily sich zu ihm um. »Äh, so habe ich das nicht gemeint, Otto. Ich wollte bloß sagen … du interessierst dich doch viel mehr für Geschichte und Antiquitäten als für Physik.« Flüsternd fügte sie hinzu: »Kein Wunder, wenn man in einem alten Spukhaus wohnt, in dem es vor merkwürdigen Dingen nur so strotzt.« Sie zwinkerte ihm zu, dann stand sie auf, nahm ihren Becher und ging nach vorne, um sich frisches Wasser zum Auswaschen der Pinsel zu holen.

»Ein Spukhaus, so, so«, sagte in diesem Moment eine Stimme direkt neben ihm. Otto fuhr herum. Er hatte gar nicht mitbekommen, dass Mr Malone an seine Seite getreten war. »Nun, mein Junge, auch ich besitze großes Interesse an Geschichte und Antiquitäten,« sagte der Lehrer und seine blauen Augen blitzten Otto interessiert

an. »Ich wäre äußerst erfreut, dir und deiner Tante Sharon bei passender Gelegenheit einen Besuch im Radieschenweg abstatten zu dürfen, Otto.«

Fassungslos starrte Otto seinen Lehrer an. Nun kannte dieser schräge Vogel mit Hut und Regenschirm nicht nur Ottos Namen, sondern auch seine Adresse und den Namen seiner Tante! Und obendrein hatte er auch noch vor, Otto zu besuchen. Der Kerl war echt unheimlich!

»Ähm …«, stotterte Otto hilflos, »… ist das denn wirklich notwendig, Mr Malone?«

Mr Malone verzog den Mund zu einem breiten Lächeln. »Aber gewiss. Als euer neuer Kunstlehrer muss ich doch eure Erziehungsberechtigten kennenlernen. Und der nächste Elternsprechtag ist erst im Juni.«

»Ach so.« Otto ließ seinen Blick durch die Klasse schweifen, wo die anderen Kinder dabei waren, vor sich hin zu malen. Ob Mr Malone tatsächlich allen einen Hausbesuch abstattete?

»Na fein. Dann kommen Sie doch einfach vorbei, wenn es Ihnen passt«, gab sich Otto schließlich geschlagen. Was sollte schon passieren? Falls Mr Malone sich komisch benahm, würde Otto einfach die Hausgeister bitten, ihn zu vertreiben.

»Hmmm … ein Sensenmann, sehr interessant …« Malone nahm das Bild, das Otto gemalt hatte, vom Tisch und begutachtete es mit hochgezogenen Augenbrauen.

»Du hast offensichtlich eine blühende Fantasie. Was deine Tante wohl dazu –«

In diesem Moment kam Emily mit einem randvollen Wasserbecher zurück, stolperte über Ottos Schulranzen und verlor das Gleichgewicht. »Ups!«, rief sie noch, doch es war bereits zu spät. Wasser spritzte aus dem Becher über Mr Malones rechte Hand.

Malone fuhr herum. »Du … du … dämliches, ungeschicktes Frauenzimmer!« Er durchbohrte Emily mit einem bösen Blick, während er versuchte, die Wassertropfen abzuschütteln.

»Das … das tut mir wirklich furchtbar leid, Mr Malone«, stammelte Emily und wurde knallrot. »Ich hole Ihnen ein Papiertaschentuch, ja?«

»Nein! Geh zurück an deinen Platz«, herrschte der Lehrer sie wütend an. Verlegen stammelte sie weitere Entschuldigungen, doch Otto hörte gar nicht hin, denn seine Arme hatten sich mit Gänsehaut überzogen. Gebannt starrte er auf Mr Malones Hand. Dort, wo das Wasser hingespritzt war, hatte sie ihre Farbe verloren. Darunter war etwas zum Vorschein gekommen, das wie graue, fahle Haut aussah. Graue Haut, die Otto vor einigen Monaten schon mal gesehen hatte. Graue Haut, die ganz bestimmt nicht menschlich war.

# Mensch oder Geist?

Eine nordpolare Pigmentstörung? Das ist der größte Stumpfsinn, den ich jemals gehört habe! Als ich vorhin im Computerraum danach gegoogelt habe, gab es noch nicht mal auf Wikipedia einen Eintrag zu dieser merkwürdigen Krankheit, Emily«, empörte sich Otto und pfefferte seinen Schulranzen auf Tante Sharons blank gewienerten Küchenboden. »Dieser schräge Mr Malone kann doch nicht ernsthaft annehmen, dass wir ihm diese Geschichte tatsächlich abkaufen.«

Emily kletterte auf einen der Barhocker am Küchentresen und blickte Otto nachdenklich an. »Noch dazu hat er ganz plötzlich begonnen zu stottern, obwohl er davor gar nicht den Eindruck gemacht hat, auf den Mund gefallen zu sein. Außerdem haben sich seine Pupillen erweitert und er hat angefangen, am Haaransatz zu schwitzen. In der Kriminalistik ein untrügliches Zeichen dafür, dass der Tatverdächtige lügt!«

Eine Lüge. Otto ballte die Hand zur Faust, als er wieder daran dachte, wie Malones Haut durch Emilys Wasserdusche urplötzlich ihre Farbe verloren hatte. Die gräulich schimmernde Schicht, die darunter zum Vorschein gekommen war, hatte Otto und Emily in einen regelrechten Schockzustand versetzt. Sprachlos hatten sie die Hand ihres Lehrers angestarrt, bis der schließlich zu einer Erklärung angesetzt hatte.

Eine seltene Pigmentstörung. Otto hatte in einem von Emilys Wissenschaftsmagazinen gelesen, dass manche Menschen oder Tiere mit einem Defekt in ihrer DNA geboren wurden und deshalb nahezu weiße Haut besaßen. In manchen Fällen hatte der Betroffene sogar rote Augen. *Albino* war der Fachbegriff für dieses Phänomen.

War Mr Malone also ein Albino? Seine Augen waren nicht rot, sondern leuchtend hellblau. Vielleicht trug er aber auch farbige Kontaktlinsen – er benutzte ja schließlich auch pfirsichfarbene Schminke für seine Haut. Allerdings hätte er wohl besser wasserfeste Schminke kaufen sollen.

»Also, wenn ihr mich fragt, ist die Sachlage vollkommen klar, Leute.« Vincent baumelte mit verschränkten Flügeln vom Lampenschirm über den Köpfen der anderen. »Mr Malone ist ein Geist. Vielleicht sogar ein Poltergeist. Er hat Ms Singh entführt und macht sich nun einen Spaß daraus, dich und Emily im Kunstunterricht irgendwelche sinnlosen Bilder malen zu lassen. Die verkauft er dann auf dem Schwarzmarkt für hohe Summen als unentdeckte Kunstwerke Picassos.« Überzeugt nickte er Otto und Emily zu. »Und ich habe auch schon eine Idee, was wir mit diesem elenden Kidnapper anstellen können.«

Skeptisch blickte Emily zu ihm hoch. »Und die wäre?«

»Ich beiße ihn ins Ohrläppchen. So fest, bis er weint und Ms Singh freilässt. *Meine* Ms Singh, wohlgemerkt. Und dann schleife ich ihn an seinem leichenblassen Ohr bis direkt vor die örtliche Polizeidienststelle. Wo sie ihn verhaften und in ein Gefängnis aus Aluminiumgitter stecken werden.« Sehnsuchtsvoll blickte er an die Decke. »Oh Sanya, meine wunderbare Traumfrau. Wo bist du nur? Bist du wohlauf? Für dich flattere ich bis nach Indien, und noch viel weiter, so weit mich meine Flügel tragen –«

Otto schnaubte genervt. »Bitte, Vincent, werde nicht wieder poetisch«, unterbrach er seine Hausfledermaus. Nachdem Mrs Dimpleby heute Vormittag Ms Singhs Verlobung bekanntgegeben hatte, hatte Otto gehofft, Vincents Schwärmerei würde endlich ein Ende haben – doch da hatte er sich wohl zu früh gefreut. »Vincent, Ms Singh ist nicht in Gefahr, sondern trägt vermutlich in diesem Augenblick einen hübschen Sari und erlebt in Indien den schönsten Tag ihres Lebens. Hast du Mrs Dimpleby etwa nicht zugehört?«

»Pff!«, machte Vincent. »Die alte Dumpfnudel steckt da garantiert auch mit drin. Sie und Mr Malone. Die haben sich gegen mich und Ms Singh verschworen, um unsere Liebe zu sabotieren.« Wehmütig legte er sich den Flügel aufs Herz. »Ein großes Kompott.«

»Du meinst wohl Komplott«, korrigierte Emily.

»Kompott, Komplott, wie auch immer.« Vincent brummte, flatterte zum Kühlschrank und bemühte sich, den Griff mit seinen Fledermausflügeln zu öffnen. Es gelang ihm nicht. »Jedenfalls habe ich Hunger. Hat Tante Sharon diesmal endlich was Anständiges eingekauft? Spinnen? Fliegen? Wobei … ich wäre auch schon mit ein paar staubtrockenen Maden zufrieden.«

Otto starrte ihn an. »Du kannst doch nicht schon wieder hungrig sein, nachdem du vorhin auf dem Dachboden der Schule sämtliches Ungeziefer vertilgt hast.«

»Doch. Ich bin sportlich aktiv und brauche daher regelmäßig Eiweiß und Kohlenhydrate. In Form von Maden. Und bei meiner Figur kann ich es mir leisten«, erklärte Vincent und rammte seine Fledermauszähne in eine braun gefleckte Banane, die neben dem Kühlschrank in einer Obstschale lag. Er verzog das Gesicht. »Igitt, das schmeckt ja widerlich. Wer isst denn so was?«

»Die muss man ja auch schälen«, erklärte Otto in Gedanken versunken, schälte die Banane und legte sie vor Vincents Nase, der sie gierig verschlang. So nervig Vincent manchmal auch sein konnte, etwas, das er vorhin gesagt hatte, hatte Otto zu denken gegeben. »Wenn man mal Ms Singhs an den Haaren herbeigezogene Entführung außer Acht lässt, finde ich deine Theorie gar nicht mal so übel, Vincent,« sagte er schließlich.

Vincent kletterte aus der Obstschale und spähte in Ottos Richtung. »Ja, nifft wahr? Iff bin ein Genie«, murmelte er, ein Riesenstück Banane im Mund. Eilig schluckte er herunter, bevor er weitersprach. »Ich sag ja, gefälschte Picassos. Deine künstlerischen Fähigkeiten lassen zwar zu wünschen übrig, mein Freund, aber Picasso hatte ja auch nicht wirklich viel drauf. Reichlich überbewertet.«

»Doch nicht die Theorie mit den gefälschten Kunstwerken, Vincent. Die ist ausgemachter Blödsinn«, korrigierte ihn Otto. »Sondern die, dass es sich bei Mr Malone um einen Geist handelt. Jemand, der in Wirklichkeit bereits tot ist. Was auch erklärt, warum Mr Malone spricht und aussieht, als sei er einem Historienfilm entstiegen. So ähnlich wie Sir Tony.«

In diesem Augenblick spähte Sir Tony in die Küche. Seine dicke Nase und sein runder Hut waren mit Ruß geschwärzt, vermutlich hatte er sich wieder im Kamin verkrochen. »Also zum einen, meine Freunde, ist niemand auf Erden oder im Jenseits so ähnlich wie ich. Ich bin *einzigartig*! Ich verbitte mir jeglichen Vergleich, egal ob mit lebenden oder toten Personen«, schnaufte Ottos ältester Hausgeist mit erhobenem Zeigefinger. »Und zum anderen kenne ich alle Geister hier in der unmittelbaren Umgebung. Aber ein Geist namens Mr Malone ist mir noch nie untergekommen.«

Otto nickte. »Außerdem sind Geister unsichtbar. Niemand außer mir kann sie sehen und hören. Wie soll Mr Malone es dann angestellt haben, sich als Geist vor allen Schülern meiner Klasse sichtbar –«

»Sir Tony? Bist du hier?«, fiel ihm Emily ins Wort, die mitbekommen hatte, dass Otto mit einem Geist sprach. Damit erinnerte sie ihn wieder mal daran, dass tatsächlich nur Otto seine Hausgeister sehen und hören konnte – zumindest mit bloßem Auge. »Oh, Otto, bitte hol mir die Geisterbrille, ich habe Sir Tony schon ewig nicht mehr gesehen. Und ich würde zu gerne erfahren, was er zu unserem oberschrägen Kunstlehrer zu sagen hat.«

Otto kratzte sich verlegen im Nacken. »Ähm, da gibt es leider ein klitzekleines Problem, Emily«, gab er zu. »Seit ich Tante Sharon von den drei Hausgeistern erzählt habe, rückt sie Onkel Archibalds Geisterbrille nicht mehr raus. Sie sagt, sie fühle sich unbehaglich, wenn sie die Geister nicht sehen könne. Deshalb trägt sie dieses hässliche Ding neuerdings immer und überall im Haus. Selbst wenn sie schläft.«

Emily seufzte. »Oh, Otto, vielleicht hättest du die Existenz der Geister doch lieber für dich behalten sollen«, überlegte sie. »Deine arme Tante. Bestimmt schlottert sie nachts vor Angst.«

Otto warf seiner Freundin einen kurzen Blick zu. Vermutlich lag Emily damit gar nicht so falsch. Seit Tante Sharon von den Geistern wusste, sprach sie von nichts anderem: davon, was für Menschen Sir Tony, Bert und Molly wohl gewesen waren, als sie noch gelebt hatten. Davon, ob eigentlich alle verstorbenen Menschen zu Geistern wurden. Und davon, wie sich ein Geisterleben eigentlich anfühlte. Otto wurde das Gefühl nicht los, dass sich, seit Sharon von den Geistern wusste, noch mehr Fragen aufgetan hatten, die er ihr früher oder später beantworten musste. Und dass er ihr wohl oder übel bald von dem Sensenmann erzählen musste, mit dem er sich vor etwas über einem halben Jahr angefreundet hatte. Und von dem geheimen Portal in ihrer Pendeluhr, durch die »Scary Harry« jede Nacht Seelen in Gurkengläsern ins Jenseits schickte. Und nicht zuletzt von Onkel Archibald, der sich quicklebendig im Jenseits befand und immer noch nach einem Weg suchte, zu seiner großen Liebe Sharon zurückzukehren.

»Ich weiß, Emily«, antwortete Otto schließlich und blickte verlegen zu Boden. »Aber mir blieb keine andere Wahl. Wüsste Tante Sharon nicht die Wahrheit über die Geister, hätte sie die Villa aus Angst vor drei bösartigen Poltergeistern verkauft. Und ich würde nun in London leben und wir beide würden uns nur noch in den Sommerferien sehen. Da ist die Wahrheit über die Geister doch das geringere Übel.«

Emily brummte. »Ja, das stimmt. Obwohl ich die Geisterbrille schon gerne wieder mal aufsetzen würde. Ich vermisse es, Sir Tony, Bert und Molly zu sehen.«

»Sieh es positiv, Emily. Mich kannst du auch ohne Brille sehen«, grinste Vincent, der inzwischen die halbe Banane verputzt hatte und pappsatt in der Obstschüssel faulenzte.

Emily warf ihm einen kurzen Blick zu, doch sie antwortete nicht. Vermutlich wollte sie Vincents Gefühle nicht verletzen. Otto überlegte gerade, unter welchem Vorwand er Tante Sharon die Geisterbrille abluchsen konnte, da hörte er, wie sich der Haustürschlüssel im Schloss drehte. Wenige Augenblicke später lugte Tante Sharon um die Ecke. Sie trug nicht nur die Geisterbrille auf der Nase, sondern auch zwei randvolle Einkaufstüten in ihren Händen.

»Hallo, Tante Sharon!«, rief Otto und schaffte es gerade noch, Vincent in die Besteckade zu stopfen. Von der Hausfledermaus wusste sie nämlich auch noch nichts.

»Hallo, Otto. Hallo, Emily.« Tante Sharon klang verunsichert. Zögerlich machte sie einige Schritte in den Raum und sah sich über die Einkaufstüten hinweg in ihrer Küche um. »Sag schon, lauert er da irgendwo? Oder ist er … endlich weg? Steckt er vielleicht … hinter den Vorhängen? Oder im Mülleimer? Habt ihr da schon nachgesehen?«

Otto und Emily warfen sich verwirrte Blicke zu.

»Wen meinst du, Tante Sharon?«

»Na, den Geist, der mich andauernd terrorisiert. Ständig hüpft er mir vor die Nase, immer dann, wenn ich mich gerade konzentrieren muss. Zum Beispiel, wenn ich auf Archibalds wackeliger Leiter stehe, um den Kronleuchter zu putzen. Oder wenn ich Teewasser aufgieße. Erst gestern hätte ich mich um ein Haar verbrüht!«

»Hahaha!«, krähte es aus dem Kamin. »Endlich schaffe ich es, der alten Schnalle Angst einzujagen. Also bin ich doch das gruseligste Spukgespenst auf diesem Planeten. Muahahaha!«

Otto, Tante Sharon und Emily sahen einander an, während Sir Tonys höhnisches Lachen durch den Schornstein hallte.

»Äh, Sir Tony, Tante Sharon kann dich mit der Brille

nicht nur sehen, sondern auch hören«, erinnerte Otto seinen Hausgeist, als der sich von seinem Lachanfall erholt hatte. »Und wie oft habe ich dir schon gesagt, dass du nett zu Tante Sharon sein sollst? Sie ist Geister nun mal nicht gewohnt.«

»Ja, ja. Nur ein letztes Mal noch, okay?« Sir Tonys Stimme kam nun nicht mehr aus dem Kamin, stattdessen schien sich der Geist blitzschnell durch den Raum zu bewegen, nur um sich direkt vor Tante Sharons Nase zu materialisieren. Dort schnappte er sich zwei Orangen aus einer der Einkaufstüten und presste sie sich in die Augenhöhlen. »Buh!«

Tante Sharon stieß einen spitzen Schrei aus und ließ die Tüten zu Boden plumpsen. Tomaten, Zitronen, Orangen und Äpfel kullerten über den Küchenboden, während sich Sir Tony schlapplachte.

Auweia. Ein durchgeknallter Hausgeist, eine verknallte Fledermaus und jetzt auch noch eine verängstigte Tante, die unter massivem Spuk litt. Ein Geister-Lehrer mit merkwürdig blasser Haut war nun wirklich das Letzte, was Otto jetzt noch gebrauchen konnte.

Verzweifelt hob Otto den Kopf und sah auf eine von Tante Sharons unzähligen Uhren, die an der Wand vor sich hin tickten. Es war schon bald Zeit fürs Abendessen. Nicht mehr lange, und Tante Sharon würde schlafen gehen. Das hieß, wenn sie bei Sir Tonys Spukattacken überhaupt schlafen konnte. Er musste dringend mit jemandem über Mr Malone quatschen. Jemand, der sich mit dem Jenseits auskannte und nicht an Liebeskummer, Geisterparanoia oder anderen Merkwürdigkeiten litt. Jemand, der normal war. Und der Normalste in Ottos Leben, mal abgesehen von Emily, war zurzeit ein fast sechshundert Jahre alter, arbeitsfauler Sensenmann aus dem Jenseits.

# Ein rappender Sensenmann

Heute dauerte es verdächtig lange, bis Harold in Tante Sharons Villa erschien. Normalerweise kreuzte der Sensenmann immer gegen Mitternacht in Ottos und Tante Sharons Villa auf, um Seelen durch das hauseigene Jenseitsportal, die Pendeluhr, zu befördern. Nach einem kurzen Plausch mit Otto (und manchmal auch einer kleinen Zankerei mit Vincent, aber der schlief schon seit kurz nach Mitternacht) rauschte er dann in seinen wohlverdienten Feierabend ab. Doch heute Nacht dauerte es tatsächlich bis kurz nach ein Uhr morgens, bis endlich das Rattern von Harolds altem Transporter im Radieschenweg zu hören war. Otto war todmüde und hätte schon längst aufgegeben, wäre die Sachlage nicht so ernst gewesen.

»Zehn Todesfälle in nur einer einzigen Nacht. Was ist

denn nur los auf dieser Welt?«, jammerte Harold, als er schließlich das Wohnzimmer betrat und einen klapprigen alten Leiterwagen mit etlichen Gurkengläsern hinter sich herzog. »Macht etwa wieder diese elende spanische Grippe die Runde? Wegen der bin ich schon vor hundert Jahren haarscharf an einem fiesen Burn-out vorbeigeschrammt.«

Zehn Todesfälle waren tatsächlich eine ganze Menge. Konnte es sein, dass wirklich eine gefährliche Epidemie im Anmarsch war? Otto hatte in letzter Zeit kaum die Gelegenheit gehabt, fernzusehen. Vielleicht hatte er ja etwas nicht mitbekommen? Neugierig begutachtete er die Etiketten der Gurkengläser auf Harolds Leiterwagen, doch wie immer waren die Todesursachen ziemlich vielfältig: Herzversagen, Altersschwäche, Krankheiten und so weiter. Der Besitzer der letzten Seele war tragischerweise beim Reparieren der Fernsehantenne vom Dach gefallen. Also war es für Ottos Sensenmann-Freund ganz einfach nur eine gewöhnliche Nacht mit viel Arbeit.

»Dabei habe ich gerade überhaupt keine Zeit für so viel Arbeit«, plauderte Harold weiter, stellte den Leiterwagen ab und ließ sich in den Ohrensessel plumpsen, ohne auch nur ein einziges Glas in die Pendeluhr gestellt zu haben. »Denn in wenigen Wochen findet der jährliche Frühlingsausflug des SBI statt. Wie jedes Jahr veranstaltet der Betriebsrat für die gesamte Belegschaft ein großes

Picknick mit Barbecue und bunten Laternen unweit des SBI-Hauptquartiers, und zwar im Justin-Bieber-Gedächtnis-Park, direkt neben dem Springbrunnen –«

»Wie bitte?« Otto begann, lauthals zu lachen. »Im Jenseits gibt es einen Justin-Bieber-Gedächtnis-Park? Das ist doch wohl nicht dein Ernst!«

Harold zuckte mit den Schultern. »Auf Erden benennt ihr öffentliche Plätze nach wichtigen Toten, im Jenseits machen wir es umgekehrt. Ist doch nur logisch, oder?«

»Wenn man es so betrachtet, dann ja«, gab Otto zu.

»Nun, wo war ich, bevor du dich über die Namen unserer Parks lustig gemacht hast?«, murmelte Harold vor sich hin und strafte Otto mit einem tadelnden Blick. »Ach ja. Nun, beim jährlichen Frühlingsfest gibt's zwischen all den Picknickdecken sogar eine Bühne. Und darauf haben Sensenmänner stets die Gelegenheit, ihre Kollegen mit ihren Talenten zu unterhalten und für ein wenig Stimmung zu sorgen.« Harold hielt inne. »Was guckst du so verdutzt, Otto? Denkst du etwa, nur weil man tot ist und 999 Jahre lang Strafdienst verrichten muss, darf man sich nicht amüsieren?«

Otto verkniff sich das Lachen. Der Gedanke an unzählige Sensenmänner, die auf Picknickdecken in knusprig gebratene Hähnchenschenkel bissen und dazu Zitronenlimonade tranken, war einfach zu lustig. »Nein, nein, erzähl weiter.«

»Nun gut. Einer meiner Kollegen, Herb, kann mit vier Totenköpfen gleichzeitig jonglieren. Lucius, ein anderer Kumpel von mir, war in seinem früheren Leben Zauberer und sägt nun mit Vorliebe Sensenfrauen in zwei Teile. Und Mortimer – den kennst du ja schon von deinem Ausflug nach Scaryland – hat eine super Imitation von Darth Vader drauf, da lachst du dich tot!«

»Und dieses Jahr willst du auch etwas zum Besten geben?«, vermutete Otto.

»Ja, klar. Ich will rappen. Glaub mir, das kann ich richtig gut. Na ja, jetzt vielleicht noch nicht, aber wenn ich noch etwas trainiere, dann wird es bestimmt … vorzeigbar.« Dabei öffnete Harold seine schwarze Kutte und zog einige CDs aus der Seitentasche. »Schau mal, das sind meine Vorbilder. Hier haben wir 50 Cent, ein echter Hitparadenstürmer. Dann ist da Tupac, der ist praktischerweise schon tot, darum habe ich ihm eine E-Mail geschrieben und um Unterricht gebeten, aber es kam bis jetzt noch keine Antwort. Zu schade.« Er steckte die CD wieder weg. »Und dann ist da noch Eminem. Eminem mag ich persönlich am liebsten, er ist nämlich ähnlich blass wie ich.«

Verwundert starrte Otto seinen Kumpel an. Harold konnte rappen? »Ich fasse es nicht. Du willst tatsächlich auftreten? Ich hätte nie gedacht, dass du –«

»Ich habe es satt, immer nur unbemerkt in der zweiten

Reihe zu sitzen«, unterbrach ihn Harold energisch, sprang aus dem Ohrensessel und ballte die knochige Faust. »Satt, immer übersehen zu werden. Und satt, der doofe Typ in der Kantine zu sein, der die alte Schrottkarre fährt.«

Otto seufzte. Aha. Jetzt wurde ihm einiges klar. Gundula, Harolds Sensenmann-Kollegin aus der Abteilung der Meister aller Geister, hatte ihn erst kürzlich so genannt. Und nun fühlte er sich minderwertig und wollte sein Ego aufpolieren, um die Sensenfrau zu beeindrucken.

Es lag völlig auf der Hand, dass Ottos Kumpel bis über beide Ohren verknallt war. Aber ihm das zu unterstellen, hätte Harold wahrscheinlich nur wütend gemacht, also versuchte Otto es mit einem kleinen Trick.

»Also, ich helfe dir natürlich gerne dabei, einen kleinen Rap für das Frühlingsfest einzustudieren, Harold«, verkündete er bereitwillig.

»Das würdest du tatsächlich tun?« Prompt fiel Harold Otto um den Hals und drückte ihn eine Spur zu fest. Als er merkte, dass Otto keine Luft mehr bekam, ließ er los. »Oh, tut mir leid, da war ich wohl etwas zu stürmisch. Du weißt, ich bin den Umgang mit Lebenden nicht gewohnt. Tote sind da etwas unproblematischer, weißt du.«

»Schon gut. Aber dafür musst du mir auch bei einer Sache helfen. Und zwar dabei, herauszufinden, was mit meinem neuen Kunstlehrer nicht stimmt«, meinte Otto. »Er ist nämlich ziemlich seltsam.«

Harold lachte auf. »Seltsam? Alle Lehrer sind seltsam. Das sind merkwürdige schülerquälende Wesen mit schrägen Klamotten. Ich dachte, das wüsstest du längst.«

Otto seufzte. »Mr Malone ist nicht bloß seltsam, sondern *richtig* seltsam. Er kannte meinen Namen noch bevor ich mich ihm vorgestellt hatte, und nun hat er auch noch vor, mich und Tante Sharon demnächst im Radieschenweg zu besuchen.«

Harold zuckte mit den Schultern. »Klingt doch nett«, meinte er und kuschelte sich in den Ohrensessel. »Und ist es denn so seltsam, dass ein Lehrer die Namen seiner Schüler auswendig kennt?«

»Vincent hält ihn für einen Betrüger und Kidnapper.«

»Vincent labert doch nur Schwachsinn, das solltest du inzwischen wissen.« Harold rollte mit den Augen. »Vincent hält auch mich für ein arbeitsfaules Klappergestell.«

»Ähm, ja.« Otto kratzte sich am Kopf und verkniff sich einen weiteren Kommentar. »Mag sein, dass es für diese Sachen irgendeine Erklärung gibt. Emily und ich haben allerdings noch etwas viel Merkwürdigeres an diesem Typen bemerkt. Als ihm Wasser über die Hand gelaufen ist, hat sich seine Haut plötzlich verändert. Jegliche Farbe ist verschwunden, und was blieb war eine Art … Grau. Mr Malone selbst meinte, es handelte sich dabei um eine sogenannte nordpolare Pigmentstörung, aber auf Wikipedia gab es –«

»Graue Haut«, unterbrach Harold Ottos Redefluss. Sein Lachen war plötzlich eingefroren. »Genau wie bei einem … Jenseitsbewohner. Kann es sein, dass dieser Mr Malone, von dem du sprichst, uns aus dem Jenseits ausgebüxt ist?«

Jetzt war es Otto, der verdutzt starrte. Seine Arme überzogen sich urplötzlich mit Gänsehaut. »Du meinst …«

Harold überlegte. »Können deine Klassenkameraden ihn denn sehen?«

»Klar«, verkündete Otto. Er dachte nach. »Sind Jenseitsbewohner normalerweise sichtbar, wenn sie in unsere Welt geraten?«

»Woher soll ich das wissen?« Harold schüttelte den Kopf. »Es ist noch nie vorgekommen, dass jemand aus dem Jenseits einfach verschwunden und ins Diesseits zurückgekehrt ist. Aber wenn du tatsächlich von grauer Haut sprichst, dann wäre das zumindest eine mögliche Erklärung.«

Otto gruselte es plötzlich. Es war mitten in der Nacht, im ganzen Haus war es dunkel und Harold sprach über … einen Toten, der ins Reich der Lebenden zurückgekehrt war. Einen Zombie. Der Gedanke machte ihm Angst.

»Vielleicht … vielleicht leidet Mr Malone ja tatsächlich unter einem DNA-Defekt, der bisher noch zu unerforscht ist, um einen eigenen Wikipedia-Eintrag zu besitzen«, dachte Otto laut.

»Hoffentlich hast du recht.« Harold erhob sich, schnappte sich ein Gurkenglas und begann, seinen Code über das Ziffernblatt einzugeben. Schon schlug die Uhr dreizehn Mal, danach ertönte ein *Ping*, der Uhrenkasten öffnete sich und ein Fließband kam zum Vorschein. Bevor Harold ein Glas darauf stellte, warf er Otto noch einen eindringlichen Blick zu. »Bitte, Otto, sieh zu, dass du schleunigst herausfindest, wer dieser Mr Malone wirklich ist. Denn wenn dein Kunstlehrer tatsächlich ein entlaufener Jenseitsbewohner ist und sich dann auch noch in meinem Territorium herumtreibt, dann bedeutet das Arbeit. Und davon hab ich schon genug.«

* * *

»Okay, Otto«, sagte Emily ernst, nachdem sie sich vergewissert hatte, dass sich niemand außer ihnen auf dem Schulklo befand. Es war zwar ein wenig riskant, ein Mädchen auf die Jungstoilette einzuschleusen, aber das Schulgebäude war an diesem Freitagnachmittag ohnehin so gut wie ausgestorben. »Wenn Harold tatsächlich recht hat und Mr Malone ein entlaufener Jenseitsbewohner ist, dann ist heute die beste Gelegenheit, ihn zu enttarnen.«

Otto nickte und warf einen Blick in Emilys Rucksack. Emily hatte tatsächlich ihre Hausaufgaben gemacht – und das nicht nur im wörtlichen Sinne. Sie hatte einen Rucksack mit Detektivausrüstung dabei, die sie von ihren Eltern zu Weihnachten bekommen hatte. Darunter waren ein Fernglas, eine Miniaturkamera, ein kleines Aufnahmegerät in der Größe einer Wanze und mehrere Bücher.

Otto zog eins davon heraus. Es handelte sich um die gesammelten Geschichten von Edgar Allan Poe, ein Buch, das Otto Emily mal geschenkt hatte. »Du hast tatsächlich Bücher dabei?«, wunderte er sich und gab Emily das Buch nachdenklich wieder zurück. »Wenn wir Mr Malone heute tatsächlich beschatten wollen, wirst du heute Nacht nicht zum Lesen kommen, Em.«

Sie zwinkerte ihm zu. »Ach, das ist doch nur Tarnung. Die Lesenacht, schon vergessen?« Sie drückte Otto ein Exemplar von *Alice im Wunderland* in die Hand. »Mr Malone würde sicher misstrauisch werden, wenn wir keine Bücher dabeihätten.«

Ein Glück, dass die Direktorin Mrs Dimpleby schon vor mehreren Wochen diese Lesenacht ins Leben gerufen hatte. Sie war nämlich der Meinung, dass Ottos Mitschüler viel zu wenig Bücher lasen – allen voran Stan, der, wenn überhaupt, nur Comics las. Aus diesem Grund hatte Mrs Dimpleby beschlossen, Ottos Klasse, ausgerüstet mit Schlafsäcken, Taschenlampen und Büchern, auf den Sportmatten im Turnsaal übernachten zu lassen.

Als Aufsichtspersonen waren eine Handvoll Lehrer der Sigmund-Schwefelkopf-Schule eingeteilt – unter anderem Mr Walker, einer der strengsten Lehrer. Dann war da natürlich Mrs Dimpleby selbst, die sicherstellen wollte, dass die Schüler tatsächlich lasen. Und auch Mr Malone war mit von der Partie.

Der schien jedoch überhaupt keine Lust darauf zu haben, eine Horde Kinder zu beaufsichtigen. Als Otto und Emily wieder zurück in den Turnsaal gingen, hockte er gelangweilt unter dem Basketballkorb und las in einem Buch. Auch heute sah der neue Kunstlehrer merkwürdig aus: Während Mr Walker und Mrs Dimpleby in furchtbar hässlichen Jogginganzügen herumliefen, trug Malone wieder einen eleganten Anzug und seinen kleinen Hut. Unter den Augen hatte er tiefe Schatten und wirkte im Halbdunkel deutlich älter als neulich im Kunstunterricht.

Otto versuchte, sein Alter zu schätzen. Sein Haar war immer noch schwarz, ohne den geringsten Graustich. War Mr Malone dreißig? Vierzig? Oder schon fünfzig? Dieser seltsame Kerl schien beinahe alterslos zu sein. In diesem Moment sah Malone von seinem Buch auf und begegnete Ottos Blick. Seine stechend blauen Augen musterten ihn und Otto fühlte sich ertappt. Ein mulmiges Gefühl kroch in ihm hoch. Er sah schnell weg und leistete stattdessen Emily Gesellschaft, die sich zwei Sportmatten etwas abseits der Gruppe gesichert hatte.

»Also pass auf. Mein Plan lautet wie folgt«, flüsterte Emily Otto zu und warf einen Seitenblick auf Mr Malone, der sich inzwischen wieder in seine Lektüre vertieft hatte. »Wir warten so lange, bis Mr Malone seinen dicken Wälzer zur Seite legt und den Turnsaal verlässt. Vielleicht, um sich Brötchen oder Kaffee aus der Aula zu holen. Oder um mal wohin zu gehen.«

Otto runzelte die Stirn. »Müssen Jenseitsbewohner denn aufs stille Örtchen?«

Emily zuckte mit den Schultern. »Keinen Schimmer. Geister haben jedenfalls keine Verdauungsorgane, das wissen wir ja. Wenn Bert Käse oder Schokolade aus dem Kühlschrank stibitzt, plumpst die Nahrung einfach so durch ihn durch.«

Otto kicherte und stellte sich Bert vor, der voller Begeisterung den Kühlschrankinhalt verschlang. »Stimmt. Haben wir Mr Malone schon mal essen sehen?«

»Nein.« Emily schüttelte den Kopf. »Ob er isst, und falls ja, was dann mit der Nahrung passiert, müssen wir ebenfalls herausfinden. Und dazu bräuchten wir Vincent, der uns hilft. Vincent? … VINCENT?«

Otto und Emily starrten erwartungsvoll auf Ottos schwarzen Rucksack, der zwischen den Schlafsäcken, Ottos Taschenlampe und Emilys Bücherstapel auf der Turnmatte lag. Nichts rührte sich.

»Vincent? Hallo?«, versuchte es jetzt Otto. »Du bist

doch nicht etwa eingeschlafen?« Er rüttelte sanft an der Vordertasche, doch es kam immer noch keine Reaktion aus dem Rucksack.

Erst eine gute halbe Minute später öffnete sich der Verschluss. Vincent steckte den Kopf heraus und salutierte. »Aye. Zu Ihren Diensten, Fräulein Emily. 'tschuldigung, hab mich nur etwas aufs Ohr gelegt. Es ist immerhin schon spät und eure Lesenacht ist stinklangweilig.« Er warf einen Blick auf den Bücherstapel. »*Alice im Wunderland* finde ich doof. Ein Mädchen, das in ein Erdloch klettert? Ein Getränk, das Menschen schrumpfen lässt? Ein durchgeknallter Hutmacher? Eine Grinsekatze? Das ist ja alles total unrealistisch. Und außerdem echt verrückt.«

»Nicht verrückter als eine sprechende Fledermaus«, konterte Otto und verdrehte die Augen.

»Apropos Fledermaus. Hättest du kein Buch über eine Fledermaus mitnehmen können?«, jammerte Vincent weiter. »Oder vielleicht eins über Vampire? Megan und ihre Freundinnen da drüben haben eins, das von Vampiren handelt.« Er überlegte. »Ich könnte mich ja in Megans wuscheligen Haaren verstecken und heimlich mitlesen!«

Das fehlte gerade noch. Ein Grüppchen panisch kreischender Mädchen, die Mrs Dimpleby erzählten, dass Otto heimlich eine Fledermaus in die Schule geschmuggelt hatte.

»Du bleibst schön hier. Wir brauchen dich«, flüsterte ihm Otto zu. »Jetzt ist keine gute Zeit, um Vampirromane zu lesen. Wir müssen Mr Malone ausspionieren. Und dazu musst du ihm heimlich folgen, sobald er den Turnsaal verlässt. Der Saal ist hoch genug, dass du unbemerkt an den hohen Fenstern entlang bis zur Tür flattern kannst. Und wenn dir etwas merkwürdig vorkommt, dann erstattest du uns sofort Bericht.«

»Aye. Sagt Bescheid, sobald der Anzugheini sein Buch zur Seite legt. Ich hoffe, er schläft nicht vorher ein.« Vincent sah hinüber zu Mr Malone, der immer noch las. Ab und zu blickte der Kunstlehrer jetzt allerdings interessiert zu Otto und Emily, als ahnte er, dass die beiden etwas ausheckten.

»Denkst du, Mr Malone weiß, dass wir ihn beschatten wollen?«, erkundigte sich Emily, als Vincent wieder zurück in den Rucksack gekrabbelt war. »Warum starrt er uns denn nur die ganze Zeit an?«

Otto riskierte erneut einen Blick. Als er in Malones kalte blaue Augen sah, überlief ihn ein eisiger Schauer. »Er starrt bloß mich an, nicht dich«, stellte er fest. »Warum weiß er, wie ich heiße und wo ich wohne? Ich finde ihn gruselig, Emily. Und nicht nur, weil er womöglich

aus dem Jenseits stammt. Der Typ führt irgendetwas im Schilde, das spüre ich.«

»Hoffentlich finden wir heraus, was es ist«, seufzte Emily.

Doch leider bewegte sich Mr Malone für eine gefühlte Ewigkeit überhaupt nicht von der Stelle. Er las weiter, als Mr Walker verschwand, um sich Kaffee zu holen und sah nicht mal auf, als Mrs Dimpleby in einem babyblauen Schlumpf-Pyjama aus der Umkleide kam und verkündete, dass um Mitternacht Schlafenszeit sei.

»Ob Mr Malone auch hier bei uns schläft?«, erkundigte sich Emily, die nun tatsächlich schon seit einer Weile in ihrem Buch von Poe las. »Brr. Hoffentlich nicht. Ich habe Angst, im selben Raum zu übernachten wie dieser Freak. Was ist, wenn er uns im Schlaf etwas antut?«

»Mrs Dimpleby und Mr Walker sind ja auch hier«, beruhigte Otto seine Freundin.

Wie aufs Stichwort dröhnte plötzlich Mrs Dimplebys Stimme durch den Turnsaal: »Mr Melvin Malone, vielleicht sind Sie auch mal so freundlich und helfen uns hier? Es ist Schlafenszeit!« Dabei drückte sie Malone eine Taschenlampe in die Hand. »Mr Walker ist losgezogen, um die Türen der Schule zu versperren und ich schlage vor, Sie machen noch einen abschließenden Rundgang, um sicherzugehen, dass alle Lichter ausgeschaltet sind. Ich beaufsichtige währenddessen die Schüler.«

Mr Malone sah die Schulleiterin irritiert an.

»Los jetzt!«, zischte sie. »Ich habe Sie nicht dafür eingestellt, dass sie nur dumm herumsitzen!«

»Natürlich, Mrs Dimpleby«, knurrte Mr Malone zurück, klappte sein Buch zu und stand auf. Doch auf einmal begannen seine Augen zu funkeln, als hätte er eine Idee. »Aber Sie verstehen gewiss, dass ich mich in der Schule noch nicht zurechtfinde. Ich schlage also vor, dass mich einer der Schüler begleitet.« Er ließ seinen Blick über die Köpfe der Klasse schweifen, bis er schließlich an Otto hängen blieb. »Wie wäre es denn mit Otto? Wir haben uns schon kennengelernt, denn wir haben beide großes Interesse an … Geheimnissen. Nicht wahr?«

Ottos Nackenhaare stellten sich auf, während er in Malones blaue Augen starrte. Auffordernd winkte der Lehrer ihn zu sich. Ottos Herz pochte bis zum Hals und er fühlte, wie seine Beine anfingen zu zittern. Was hatte dieser Typ vor?

Mrs Dimpleby blickte unschlüssig von Malone zu Otto. »Na, meinetwegen«, murmelte sie schließlich und wedelte mit der Hand. »Otto, du hast gehört, was Mr Malone gesagt hat.«

Bevor Ottos wackelige Knie in Bewegung kamen, sprang Emily auf. »Ich komme auch mit, Mrs Dimpleby!«, rief sie.

»Eine Person ist ausreichend, Emily«, sagte Mrs Dim-

pleby genervt, während sie sich daranmachte, ihren Schlafsack auszubreiten.

»Bitte! Lassen Sie mich doch mitgehen«, flehte Emily. »Außerdem … muss ich ganz dringend mal aufs Klo.«

Mrs Dimpleby rollte mit den Augen, erlaubte Emily aber dann doch, mit Mr Malone und Otto mitzukommen. Otto dankte dem Himmel dafür. Zu zweit könnten sie Malone notfalls überwältigen, wenn er versuchte, einem von ihnen Gewalt anzutun. Außer er hatte eine Waffe bei sich … Aber daran wollte Otto lieber nicht denken.

Vielleicht war ja in Wirklichkeit alles ganz harmlos und Otto wurde langsam paranoid? Vielleicht war Mr Malone nur ein ganz gewöhnlicher Lehrer, der tatsächlich nur vorhatte, den Befehl seiner Vorgesetzten auszuführen?

Gleich würden sie es jedenfalls herausfinden. Wortlos verließen Otto und Emily an Mr Malones Seite den Turnsaal und durchquerten die finstere Aula. Während ihre Schritte laut von den Wänden widerhallten, schweifte Ottos Blick über die Statuen des vor vielen Jahren verstorbenen Schulgründers Sigmund Schwefelkopf. Nachts wirkten sie wie bedrohliche Schattenkreaturen, die einen jeden Moment anspringen konnten.

Merkwürdig. Daheim in Tante Sharons Villa hatte Otto nicht die geringste Angst, wenn er nachts alleine durchs Haus spazierte. Nur hier in der Schule bekam er plötzlich eine Gänsehaut. Otto sprach sich in Gedanken Mut zu.

»Alle Lichter sind aus«, durchbrach Emily irgendwann die Stille, als sie an der finsteren Cafeteria vorbeigingen. Dort standen die Stühle auf den Tischen, ein ungewohnter Anblick. »Ich glaube, wir können umkehren, was meinen Sie, Mr Malone?«

»Nicht so voreilig.« Mr Malone funkelte Emily an, dann bog er in einen weiteren Gang ein. »Bevor wir zurückkehren, würde ich gerne noch ein Wörtchen mit deinem Freund Otto reden. Ich habe schon den ganzen Abend auf eine passende Gelegenheit gewartet, aber sie hat sich nie ergeben.«

Otto schluckte, aber dann nahm er all seinen Mut zusammen. »Keine schlechte Idee«, erwiderte er trotzig und funkelte Mr Malone an. »Vielleicht können Sie mir auch verraten, woher Sie meinen Namen und meine Adresse kennen? Und warum Sie mich unbedingt zu Hause besuchen wollen. Irgendetwas stimmt doch hier nicht.«

Mr Malone blieb stehen und ging vor Otto in die Knie. »Gut erkannt. Und die Sache ist ganz einfach erklärt. Ich bin ein alter Freund deines Onkels Archibald, Otto.« Mr Malone strich ihm übers Haar und Otto fiel auf, dass seine Hand wieder normale menschliche Farbe hatte. »Deshalb wollte ich dich besuchen kommen. Um Archibald wiederzusehen. So einfach ist das. Was dachtest du denn?« Er lachte.

Otto warf einen kurzen Blick zu Emily, die ihn unsicher ansah und mit den Schultern zuckte. Konnte er Mr Malone glauben? War er tatsächlich ein Freund seines Onkels? War das vielleicht die Erklärung dafür, dass er Ottos Namen und Adresse kannte? Es klang zumindest nicht ganz abwegig, das musste Otto zugeben.

Otto seufzte. »Mr Malone, es tut mir leid, Ihnen das sagen zu müssen, aber mein Onkel Archibald ist schon seit vielen Jahren nicht mehr … in dieser Welt. Er ist tot. Ich fürchte, Sie können ihn nicht besuchen.«

Mr Malone schloss für einen Moment die Augen und atmete tief durch. Offenbar musste er die Neuigkeit erst einmal verdauen. Otto stand für einen Moment unschlüssig herum, doch plötzlich packte ihn Malone fest an der Schulter. Dabei fiel ihm sein Hut vom Kopf. »Du

lügst! Du elender kleiner Rotzlöffel belügst mich!«, schrie er und seine Stimme hallte unheimlich von den Wänden wider. »Er ist nicht tot! Er … er kann gar nicht tot sein!«

Ottos Blut gefror. Bevor er sich aus Mr Malones Griff befreien konnte, stürzte Emily auf die beiden zu.

»Lassen Sie Otto los«, rief sie, packte Malone am Arm und zog ihn mit aller Kraft von Otto weg.

»Archibald ist nicht tot, das weiß ich genau«, schrie Mr Malone wie im Wahn. Er schüttelte Emily ab und schien vollkommen außer sich. »Sag mir gefälligst, wo sich dein Onkel wirklich auf–«

In diesem Moment ertönte ein ohrenbetäubender Knall, der den Boden unter ihren Füßen vibrieren ließ. Es klang wie eine gigantische Explosion und das Geräusch schien aus dem Keller der Schule zu kommen.

»Was war das?« Mr Malone schien plötzlich abgelenkt. Er ließ Otto los und bückte sich nach seinem Hut. Dabei fiel sein Blick auf die Treppe, die hinunter zum Keller führte. »Da unten brennt ja Licht.« Er kniff die Augen zusammen. »Bestimmt ein Schüler, der sich heimlich weggeschlichen hat.«

Otto und Emily folgten seinem Blick. Mr Malone hatte recht. Vom Kellerabgang kroch tatsächlich ein fahler Lichtschein nach oben.

Nur einen Augenblick später kam ein dickes blaues Etwas aus der dunklen Aula gerannt. Als das Etwas näherkam, erkannte Otto, dass es sich um Mrs Dimpleby in ihrem Schlumpf-Pyjama handelte. Sie schien den Weg vom Turnsaal bis hierher vor die Cafeteria im Dauerlauf zurückgelegt zu haben und schwenkte völlig außer Atem ihre Taschenlampe hin und her. »Haben … Sie … das … auch … gehört, Mr Malone?«, japste sie. »Eine … Explosion … in … in unserer Schule. Waren Sie das etwa?«

»Ich? Natürlich nicht«, antwortete Mr Malone entrüstet. »Wo denken Sie hin?«

Mrs Dimpleby schnaubte und stemmte die Hände in die Hüften. »Aber Sie müssen doch zumindest irgendetwas gesehen haben.«

»Nein, Frau Direktorin. Ich versichere Ihnen, dass ich nichts damit zu tun habe. Vielleicht war es ja Mr Walker?«

»Aber der war doch die ganze Zeit über bei mir im Turnsaal.«

Otto sah eine Weile zwischen Mr Malone und Mrs Dimpleby hin und her, bis ihn Emily am Ärmel zog und in Richtung der Kellertreppe deutete.

»Komm, Otto«, wisperte sie. »Das sehen wir uns an.«

»Aber –«

»Die zwei sind mit Streiten beschäftigt und merken bestimmt nicht, wenn wir kurz mal weg sind«, flüsterte sie und schlich voran. »Da unten liegt Sigmund Schwefelkopfs altes Labor. Vielleicht kam daraus das Geräusch.«

»Aber das ist doch halb verschüttet. Und außerdem versperrt. Wie soll –«

»Jetzt komm einfach«, drängte Emily und zog Otto hinter sich her. Schnell waren sie über die Treppe ins Kellergeschoss gelangt und aus dem Sichtfeld der Lehrer verschwunden. »Wir sehen ja nur mal nach.«

Allein hätte sich Otto bestimmt nicht nachts in den Keller getraut. Aber wenn Emily ein Geheimnis gewittert hatte, war sie unmöglich zu bremsen.

Sie folgten dem Lichtschein, der sie durch die Kellergänge bis vor eine Tür führte, die leicht offen stand. Es war eins der Chemielabore, in denen die höheren Klassen manchmal Experimente durchführten. Doch warum brannte darin Licht?

Otto trat einen Schritt näher an die Tür und lugte vorsichtig durch den Spalt.

»Was siehst du?«, drängelte Emily.

»Einen Menschen im Laborkittel. Er befüllt gerade Reagenzgläser mit einer blubbernden Substanz.« In diesem Moment trat die Gestalt ins Licht und Otto hatte einen besseren Blick auf sie. Er schnappte nach Luft. »Ach du liebe Güte, Emily. Ich glaube, ich werde verrückt.«

»Was? Was siehst du?«, zischte Emily erneut.

»Dieser Kerl im Chemielabor. Er ist von Kopf bis Fuß schwarz-weiß. Seine Haut. Sein Bart. Sein Haar. Alles an ihm. Er sieht genauso aus wie ein Jenseitsbewohner!« Vor lauter Aufregung begann Ottos Herz wie wild zu pochen. »Emily. Das hier *ist* ein Jenseitsbewohner, jede Wette.«

»Das gibt's nicht! Etwa noch einer?« Unsanft drängte Emily Otto zur Seite und lugte durch den Türspalt. »Wahnsinn! Du hast recht. Seine Haut ist genauso grau wie Mr Malones Hand neulich. Der Typ erinnert mich an damals, als wir den Ausflug ins Jenseits unternommen haben. Alles grau in grau – die Häuser, die Tiere, die Menschen. Nur, dass wir uns immer noch im Diesseits befinden und alles um ihn herum in Farbe ist. Sieht echt komisch aus …«

»Ein Jenseitsbewohner! Sag ich doch!«, erwiderte Otto.

»Ja, aber das hier ist nicht *irgendein* Jenseitsbewohner, Otto«, fuhr Emily fort, den Blick immer noch in den Laborraum gerichtet. »Die wirren Haare, der Schnauzbart, die Brille … die Ähnlichkeit ist unverkennbar.«

Otto sah seine Freundin verständnislos an. »Wovon redest du?«

»Mensch, Otto!« Emily verdrehte die Augen. »Wir sehen ihn doch tagtäglich in der Aula. Die Statue!« Sie war verdächtig blass um die Nase geworden. »Das da ist unser Schulgründer, der Erfinder des Knall-O-Mit! Wir haben Besuch von Sigmund Schwefelkopf.«

# Nachts sind alle Wissenschaftler grau

Sigmund Schwefelkopf. Der durchgeknallte Gründer der Schule, die seinen Namen trug, hatte vor über hundert Jahren eine hochwirksame Sprengsubstanz namens Knall-O-Mit erfunden. Leider hatte er damit sich selbst und sein Labor versehentlich in die Luft gejagt, bevor er damit Geld verdienen konnte. Otto hatte im letzten Jahr ein Referat über Sigmund Schwefelkopfs Leben halten müssen und erinnerte sich noch gut.

Der Sigmund, der jetzt vor ihnen stand, sah haargenau so aus wie sein steinernes Ebenbild in der Aula: Er war klein und ziemlich dick, hatte wirres, strubbeliges Haar, buschige Augenbrauen, einen Schnauzbart und trug eine altmodische Brille mit kleinen runden Gläsern auf der Nase. Das Einzige, was ihn von der Statue unterschied, war eine dicke dunkle Beule, die auf seiner Stirn prangte.

Otto schluckte. Konnte das tatsächlich sein? War Sigmund Schwefelkopf aus dem Jenseits zurückgekehrt? Emily hatte recht, er sah genauso aus wie die anderen Menschen, denen sie während ihrer Reise ins Jenseits begegnet waren.

»Was … was tut Sigmund Schwefelkopf in unserem Chemielabor?«, murmelte Emily und zwängte sich neben Otto, um erneut in das Labor zu spähen. »Sieht irgendwie so aus, als führe er gerade Experimente durch. Und das mitten in der Nacht.«

»Das hat er früher auch immer gemacht«, erklärte Otto ihr im Flüsterton. Während seiner Recherchen für das Referat hatte er herausgefunden, dass Schwefelkopf regelrecht besessen gewesen sein musste. Nacht für Nacht hatte er heimlich in seinem Labor experimentiert – bis es schließlich zu diesem folgenschweren Unfall gekommen war, der ihn das Leben gekostet hatte.

»Kann sich die Geschichte eigentlich wiederholen? Er wird sich doch nicht wieder unabsichtlich in die Luft sprengen, so wie vor hundert Jahren ... oder?«, murmelte Emily besorgt, während Sigmund eine dampfende blaue Flüssigkeit aus einem der Reagenzgläser in ein anderes Gefäß mit einer roten Flüssigkeit goss.

»Aber er ist doch schon tot«, wisperte Otto. »Ihm kann nichts mehr passieren.«

Emily schien unsicher. »Uns aber schon. Vielleicht sollten wir uns besser aus dem Staub –«

In diesem Moment ertönte erneut ein Knall, nur diesmal viel lauter als der von vorhin. Die Flüssigkeiten hatten miteinander reagiert.

»Wuuuaah!« Emily machte einen Schritt zurück und warf Otto dabei beinahe um.

»Schscht!«, machte Otto und wollte Emily die Hand auf den Mund legen, doch es war bereits zu spät. Sigmund Schwefelkopf ließ seine Utensilien sinken und blickte in Richtung der Tür. »Mist. Ich glaube, er hat uns gehört.«

»Ist da jemand?«, fragte Sigmund und machte vorsichtig einige Schritte auf die Tür zu. Aus dem Behälter auf dem Tisch quoll unablässig schwarzer Dampf. »Wer stört mich bei meinen Experimenten? Stell dich lieber, du … du elender Tunichtgut!«

Tunichtgut? Er verwendete dieselbe altmodische Sprache wie Mr Malone – ein weiterer Hinweis darauf, dass es sich hier tatsächlich um den toten Schulgründer handeln musste. In seiner Biografie hatte Otto gelesen, dass Sigmund als Schulleiter ausgesprochen beliebt gewesen war. Hoffentlich verhielt sich die Jenseits-Ausgabe von ihm ähnlich nett.

Otto fasste sich ein Herz und stieß die Tür auf, sodass Sigmund Schwefelkopf Emily und ihn sehen konnte. »Entschuldigung«, begann er zögerlich. »Wir wollten Sie nicht stören.«

»Das tut ihr aber«, erwiderte Schwefelkopf. »Ich bin gerade dabei, eine weitere bedeutende Entdeckung zu machen. Und solltet ihr nicht im Unterricht sitzen, anstatt euch hier im Keller herumzutreiben, Kinder?«, knurrte er, schob die Reagenzgläser beiseite und funkelte Otto und Emily wütend an. »Euch hat man wohl keine Manieren beigebracht.« Leider klang er gar nicht so nett, wie Otto gehofft hatte.

»Im Unterricht sitzen? Mr Schwefelkopf, es ist mitten in der Nacht«, mischte sich jetzt Emily ein. Sie starrte Sigmund Schwefelkopf noch immer mit großen Augen an, so als hätte sie Sorge, er könnte sich plötzlich vor ihren Augen in Luft auflösen.

»Für euch zwei Dreikäsehochs immer noch *Professor* Schwefelkopf«, korrigierte ihr Gegenüber mit erhobenem Zeigefinger. »Und selbst wenn ihr recht habt und der Mond tatsächlich hoch am Himmel steht, was tut ihr um diese Uhrzeit hier im Schulgebäude?«

»Wir veranstalten eine Lesenacht. Hier in der Schule. Genauer gesagt, im Turnsaal«, erklärte Otto.

»Oh.« Sigmund Schwefelkopfs graue Lippen verzogen sich zu einem Lächeln. »Dann lest ihr bestimmt in einer meiner Publikationen, sehr erfreulich. Was ist es denn? Etwa *Explosive Materie im luftleeren Raum*? Ich wusste, das wird ein internationaler Verkaufsschlager.«

»Ähm, leider nein«, antwortete Otto. Dass Sigmund Schwefelkopf so eingebildet gewesen war, stand merkwürdigerweise in keiner seiner Biografien. »Wir lesen … na ja … zum Beispiel *Harry Potter.* «

»Harry Potter?« Der Professor schnaubte. »Nie von dem gehört. Was hat der denn erfunden?«

»Harry Potter ist kein Wissenschaftler, sondern ein Zauberlehrling«, korrigierte Otto. »Eine Figur aus einer Geschichte. Wir lesen … Geschichten.«

»Geschichten? Wie trivial.« Der Professor schritt vor Otto und Emily auf und ab. »Bringen euch die Lehrer denn gar nichts bei? Ich werde wohl ein ernstes Wörtchen mit ihnen reden müssen. Los, bringt mich zu euren

Lehrern. Dann werde ich dafür Sorge tragen, dass man euch anständige Bücher gibt. Zauberlehrling, dass ich nicht lache! Wer liest denn so was?«

Emily wagte sich einige Schritte in den Raum. »Aber das geht nicht, Herr Professor. Unsere Lehrer würden bestimmt Fragen stellen. Ich meine … immerhin sind Sie tot. Schon seit vielen Jahren. Wissen Sie das etwa nicht?«

Professor Schwefelkopf ließ die Schultern sinken. »Danke, dass du mich daran erinnerst«, murmelte er. »Kurios, dass ich es vergessen habe, wo mich diese graue Farbe doch tagtäglich daran erinnert.« Er sah plötzlich niedergeschlagen aus. »Dabei wollte ich zu Lebzeiten doch noch so viele Experimente durchführen. Ein Heilmittel für alle Krankheiten der Welt finden. Und eine Tinktur gegen Haarausfall. Ich wollte sogar einen Treibstoff entwickeln, mit dem man Menschen bis zum Mond schicken kann.« Er lachte verlegen. »Ich weiß, besonders Letzteres klingt äußerst unrealistisch.«

»Nun ja, für die Mondlandung kommen Sie zu spät«, murmelte Otto abgelenkt. »Professor Schwefelkopf, ich möchte nicht unhöflich sein, aber wenn Sie tot sind, was tun Sie dann hier?«

»Was ich hier tue?« Professor Schwefelkopf sah ihn an, als zweifelte er an Ottos Verstand. »Na, Experimente durchführen, mein Junge. Siehst du doch. Wenn ihr schon keine anständigen Bücher lest, könntet ihr mir wenigstens dabei zusehen, dann lernt ihr noch was. Und jetzt, wo ich wieder im Diesseits bin, bin ich mir sicher, dass ich noch weitere bahnbrechende Erfindungen machen werde. In meinem Jenseitslabor war ich leider nicht erfolgreich, weil ich die Flüssigkeiten in den Reagenzgläsern vertauscht habe. Eine Welt ohne Farben ist wahrlich unpraktisch.«

»Aber Sie sind *tot*!«, rief Emily eindringlich. »Sollten Sie nicht im Jenseits sein? Wie in aller Welt sind Sie hierhergelangt?«

»Woher soll ich das wissen?« Der Professor klang ungehalten. »Es ist einfach so passiert. Vor etwa einer Stunde befand ich mich noch im Jenseits, und dann war ich plötzlich hier. Na ja, genauer gesagt im Abfallcontainer draußen vor der Schule. Gott sei Dank hingen hier Kittel, sonst müsste ich immer noch mit einem fleckigen Hemd herumlaufen. Hattet ihr etwa Fleischbällchen zum Mittagessen?«

Otto schwirrte der Kopf. »Jetzt mal langsam. Was sagen Sie da? Sie waren bis vor Kurzem noch im Jenseits und dann, schwupp, haben Sie sich plötzlich im Müllcontainer wiedergefunden? Hier vor der Schule?«

Professor Schwefelkopf nickte. »Glaub mir, ich hätte mir selbst nie träumen lassen, dass eine solch merkwürdige Reise in die Welt der Lebenden möglich ist. Aber nun bin ich hier. Und ich habe mich bereits erstaunlich

schnell wieder im Diesseits eingelebt.« Er blinzelte und betrachtete die flackernde Glühbirne über seinem Kopf. »Auch wenn das elektrische Licht viel heller ist, als ich es in Erinnerung habe. Die Technik scheint in den letzten Jahren enorme Fortschritte gemacht zu haben.«

Emily lachte auf. »Warten Sie mal ab, bis Sie unsere Handys sehen. Na ja, bis auf das von Otto, das ist wirklich ein uraltes Schrottmodell.«

»Na, hör mal!«, beschwerte sich Otto empört. »Obwohl, eigentlich hast du ja recht, Emily.«

Professor Schwefelkopfs Augen wanderten interessiert von Emily zu Otto und wieder zurück. »Was sind denn Handys?«

»Ach, nicht so wichtig«, murmelte Otto, während seine Gedanken Achterbahn fuhren. Dass Professor Schwefelkopf aus unerklärlichen Gründen aus dem Jenseits in den Müllcontainer der Schule geplumpst war, verwirrte ihn viel mehr als die Tatsache, dass der Professor keine Handys kannte. Wie hatte er es geschafft, hierherzugelangen? Und konnte es womöglich sein, dass Mr Malone auf demselben Weg in Ottos Welt gekommen war? »Habe ich richtig verstanden, was Sie vorhin gesagt haben? Sie wissen nicht mehr, was Sie getan haben, bevor Sie in dem Müllcontainer gelandet sind?«

»Nun ja, an einige Dinge kann ich mich schon noch erinnern.« Professor Schwefelkopf dachte angestrengt

nach. »Ich bin aufgewacht, es war ein ganz normaler Tag im Jenseits. Ich habe mich angezogen. Das graue Hemd und die graue Hose. Wie jeden Tag. Die Sonne hat vom Himmel geleuchtet, aber der Himmel war trotzdem grau. Ebenso keine Anomalie.«

»Und dann?«, fragte Emily.

»Hm. Tja, dann …« Der Professor stockte und rieb sich die graue Stirn. »Dann weiß ich leider nichts mehr.«

Emily trat näher an den Professor heran und studierte jeden Millimeter seines Gesichts. »Moment mal. Kann es sein, dass Sie sich den Kopf gestoßen haben?«

»Woher weißt du das?« Der Professor griff sich an die Stirn und betastete die große Beule. »Oh, du meinst wohl das hier. Ja, also … Genau in dem Moment, als ich aus dem Müllcontainer klettern wollte, ist plötzlich der Eisendeckel nach unten geknallt und hat mich direkt am Kopf erwischt. Wumm!« Er hielt inne und schlug mit der Faust auf den Tisch. »Ihr denkt also, das könnte der Grund sein, warum ich mich nicht mehr an meine Reise erinnern kann? Das ist plausibel. Durchaus plausibel.«

»Professor Schwefelkopf, wissen Sie, ob Sie jemand begleitet hat?«, fragte Otto. »Oder ob schon jemand vor Ihnen … einfach aus dem Jenseits gefallen ist?«

»Ich weiß gar nichts, mein Junge, das sagte ich doch bereits. Ich muss eine Gehirnerschütterung erlitten haben. Ich bin schon erleichtert, dass ich überhaupt noch meinen Namen kenne.« Professor Schwefelkopf sah sich um. »Aber warum wollt ihr das überhaupt wissen? Ist denn noch jemand aus meiner Welt hier?«

»Wir vermuten es. Und zwar einer unserer Lehrer, Mr Malone«, erklärte Emily und schwang sich neben Sigmund Schwefelkopf auf die Tischplatte. »Allerdings hat er sich verkleidet. Oder bemalt. Könnten Sie sich vorstellen, dass es eine Erfindung gibt, mit der man Farbe auf graue Haut zaubern kann? Um auszusehen wie ein normaler Mensch?«

»Eine Erfindung?« Professor Schwefelkopf lachte laut. »Liebes, das nennt sich Schminke. Um das zu wissen, muss man nicht Albert Einstein heißen.«

»Oh … okay.«

»Apropos Erfindungen. Nun, wo ich schon mal hier bin, brenne ich darauf, zu sehen, was die Wissenschaft in den letzten hundert Jahren alles hervorgebracht hat.« Energisch schritt er zur Tür. »Ich werde mich zuerst mal auf die Suche nach dem aktuellen Tagesblatt begeben. Vielleicht gewinne ich ja daraus die eine oder andere schlaue Erkenntnis.«

»Nein!«, riefen Otto und Emily wie aus einem Mund. Otto stellte sich dem Professor geistesgegenwärtig in den Weg. Sie konnten von Glück sagen, dass ihn bis jetzt niemand entdeckt hatte. Und nun wollte er einfach auf die Straße spazieren, um sich eine Zeitung zu kaufen? »Das können Sie nicht. Die Menschen wären irritiert, wenn sie Sie sehen würden. Jenseitsbewohner laufen hier nicht einfach so rum.«

Professor Schwefelkopf rollte mit den Augen. »Das ist doch Quatsch. Warum seid ihr dann nicht irritiert? Ihr habt euch ja auch nicht vor mir erschreckt.«

»Bei uns ist das etwas anderes«, meinte Emily ausweichend. »Wir … wir waren schon mal im Jenseits.«

»Ihr wart *was*?« Dem Professor fiel die Kinnlade herunter. »Aber wie … wie –«

»Otto? Emily?«, hallte plötzlich Mrs Dimplebys Stimme durch den Kellerflur. Sie klang erstaunlich dünn, bestimmt hatte selbst die Schulleiterin im Keller Angst. »Wo seid ihr? Kommt sofort her, wo auch immer ihr euch versteckt!«

Emily hüpfte vom Tisch und schaltete geistesgegenwärtig das Licht aus. Die flackernde Glühbirne erlosch, bloß eine der Flüssigkeiten glühte im Glas vor sich hin und warf einen unheimlichen grünen Schein auf ihre Gesichter. »Oje, Mrs Dimpleby wird uns finden«, jammerte Emily. Dann, an den Professor gewandt, fügte sie hinzu: »Otto und ich müssen schleunigst zurück in den Turnsaal.«

»Aber wir holen Sie morgen früh von hier ab, ja?«, ergänzte Otto und horchte angestrengt. Mrs Dimplebys schwere Schritte hallten durch den Flur und kamen immer näher. »Sie können in der geheimen Kammer meines Onkels Archibald wohnen, bis wir einen Weg finden, Sie wieder zurück in Ihre Welt zu schaffen. Da bekommt meine Tante nichts mit. Alles klar?«

Der Professor nickte verwirrt. Einen kurzen Augenblick fragte sich Otto, ob es so eine gute Idee war, einen nicht nur fremden, sondern auch noch toten Wissenschaftler in sein Haus einzuladen. Aber was war die Alternative? Ihn unbewacht in der Stadt herumlaufen und für Verwirrung sorgen zu lassen?

Außerdem wollte Otto unbedingt herausfinden, durch welche mysteriösen Umstände Professor Schwefelkopf vom Jenseits ins Diesseits gereist war. Dazu musste man lediglich seinem Gedächtnis ein wenig auf die Sprünge helfen. Und Otto hatte bereits einen Plan, wie sie das anstellen konnten.

# Besuch aus dem Jenseits

Es würde keine einfache Angelegenheit werden, Sigmund Schwefelkopf unbemerkt aus der Schule zu schmuggeln. Wie es aussah, waren Jenseitsbewohner zwar eindeutig tot, konnten sich aber nicht so einfach unsichtbar machen wie stinknormale Geister. Um genau zu sein, konnten sie es gar nicht. Und damit fingen die Probleme erst an.

Die ganze Nacht über hatten Otto und Emily nicht geschlafen, sondern im Turnsaal leise beratschlagt, wie man einen toten, farblosen Professor unbemerkt in den Radieschenweg bringen könnte. Der nächste Tag war ein Samstag, was bedeutete, dass die Schule geschlossen war und sie Sigmund Schwefelkopf hauptsächlich von ihren Mitschülern, Mr Malone, Mr Walker und Mrs Dimpleby fernhalten mussten. Doch selbst wenn Otto und Emily

es schafften, Professor Schwefelkopf aus dem Schulgebäude zu bringen, durfte ihn auch auf offener Straße niemand entdecken. Und das war bei Tageslicht gar nicht so einfach.

»Ich habe eine Idee«, flüsterte Emily in ihrem Schlafsack, als schließlich der Morgen graute. »Wir vertrösten Professor Schwefelkopf noch einen Tag lang. Heute ist Samstag, das ist gut. Wir warten einfach, bis die Dämmerung heranbricht und schleichen uns dann noch mal in die Schule. Gegen acht sollte es finster genug sein. Dann sind auch nicht mehr so viele Menschen auf der Straße.«

»Und wie wollt ihr abends in die Schule gelangen, ihr ultraschlauen Schlauköpfe?«, mischte sich Vincent ein. Seit Otto und Emily ihm von ihrer schrägen Begegnung mit dem toten Professor erzählt hatten, sprach auch er von nichts anderem mehr. Otto war richtiggehend froh darüber, dass seine Hausfledermaus ein anderes Thema als die unerfüllte Liebe zu Ms Singh gefunden hatte. Die Schwärmerei war auf Dauer wirklich schwer zu ertragen. »Oder habt ihr der dicken Schlumpfine etwa einen Schulschlüssel geklaut?«

Otto schüttelte den Kopf und dachte nach. »Emily, ist dir dieses kleine gekippte Fenster im Laborraum aufgefallen?«, erkundigte er sich. Für seinen Plan brauchten sie gar keinen Schulschlüssel. »Vincent könnte heute abends da durchkriechen und –«

»Vincent, Vincent, immer nur Vincent«, meckerte Ottos Hausfledermaus eine Spur zu laut. Stan, drei Matten weiter links, gab im Schlaf ein lautes Grunzen von sich. »Schafft ihr eigentlich auch mal irgendetwas ohne mich, hm?«

»Nicht so laut, Vincent! Willst du etwa, dass wir Ärger kriegen?«, schimpfte Emily und schirmte die Fledermaus mit ihrem Rucksack ab. Fehlte gerade noch, dass einer der anderen Schüler durch den Lärm aufwachte und eine sprechende Fledermaus auf der Turnmatte auf und ab laufen sah. »Und ja, Vincent, das ist unsere einzige Chance. Du musst uns helfen.«

Vincent wedelte genervt mit einem Flügel. »Na, meinetwegen«, sagte er gönnerhaft. »Was tätet ihr Grünschnäbel nur ohne meine dreihundertsechsundzwanzig Jahre Lebenserfahrung? Aber was macht euch so sicher, dass euer farbloser Freund nicht schon vor Anbruch der Dunkelheit beschließt, aus seinem Labor zu verschwinden und die Stadt unsicher zu machen, hm? Oder habt ihr ihn etwa eingesperrt?«

Otto und Emily warfen einander unsichere Blicke zu. Vincent hatte recht. Hatten sie Sigmund Schwefelkopf nicht versprochen, dass sie ihn gleich am Morgen aus dem Keller holen würden? Bestimmt wartete er bereits auf sie.

»Dann müssen wir ihn informieren«, meinte Otto.

»Und ihn bitten, noch ein Weilchen zu warten, bis wir ihn gefahrlos in den Radieschenweg schaffen können.«

»Sollen wir uns noch mal nach unten schleichen?« Emily sah sich um. Um zum Ausgang zu gelangen, hätten sie über Dutzende Taschen, Matten und schlafende Schüler klettern müssen. Direkt vor der Tür lag außerdem Mr Malone, der sich, wenn er tatsächlich ein Jenseitsbewohner war, womöglich nur schlafend stellte und alles rings um ihn genauestens mitbekam. Es war einfach zu riskant. Ottos und Emilys Blicke wanderten zu Vincent.

»Okay, ich verstehe schon«, seufzte die Fledermaus. »Ich flattere runter zu diesem toten Professor und richte ihm aus, dass wir ihn erst abends abholen. Ich hoffe nur, dass ich da unten ein paar leckere Maden und Würmer für mein Frühstück finde, damit sich der Weg wenigstens lohnt.«

Otto und Emily sahen zu, wie sich Vincent vorsichtig von der Sportmatte erhob, um entlang der Decke unbemerkt aus dem Turnsaal zu schlüpfen. Wenige Sekunden nachdem Vincent aus dem Raum geflattert war, öffnete Mr Malone die Augen. Merkwürdigerweise sah er richtig zerknittert aus, als hätte er tatsächlich geschlafen.

Otto legte seinen Kopf aufs Kissen und stellte sich schlafend. Seit letzter Nacht machte ihm Mr Malone noch mehr Angst als zuvor. Noch nie hatte ihn ein Lehrer fest am Arm gepackt. Und noch nie hatte jemand so großes Interesse gehabt, etwas über seinen verschollenen Onkel Archibald herauszufinden. Warum nur hatte Mr Malone ihm nicht geglaubt, dass sein Onkel tot war? Darauf gab es nur eine Antwort: Wenn Malone tatsächlich aus dem Jenseits stammte, hatte er Onkel Archibald vermutlich bereits dort gesucht. Und nicht gefunden.

Als Otto schließlich am frühen Vormittag wieder zu Hause ankam, kreisten seine Gedanken noch immer um Mr Malone. Nur zu gerne hätte er Harold von Mr Malones Übergriff und dem toten Sigmund Schwefelkopf im Kellerlabor erzählt. Aber vormittags ließ sich Ottos Kumpel üblicherweise nicht blicken. Otto überlegte kurz, ihn anzurufen, aber Gespräche ins Jenseits waren haarsträubend teuer und Harold verdiente auch mal ein wenig Freizeit. Vermutlich saß er gerade in seiner Bude im Jenseits, freute sich darüber, dass seine Nachtschicht vorüber war, löste Kreuzworträtsel oder übte rappen. Otto grinste bei dem Gedanken an einen rappenden Sensenmann. Er musste seinen Freund unbedingt darum bitten, demnächst eine kleine Kostprobe zum Besten zu geben.

Otto verbrachte den Tag mit Schulaufgaben und damit, nach einzelnen Socken zu suchen, die Molly versteckt hatte. Seit sie Tante Sharons Bekanntschaft gemacht hatte, übertrieb sie es ein wenig. Erst neulich hatte sie die Toilette damit verstopft, sodass Tante Sharon den

Klempner hatte rufen müssen. Nachdem Otto Molly eine Standpauke gehalten hatte, begnügte sie sich wieder damit, die Socken an den unmöglichsten Orten zu platzieren. Otto entdeckte einen karierten Kniestrumpf zwischen den Hähnchenschenkeln im Gefrierschrank und eine braune Socke, die er schon seit einem Jahr vermisste, in der Kiste mit den Kartoffeln.

Der Abend kam viel schneller, als Otto vermutet hatte. Praktischerweise musste er sich auch für Tante Sharon keine Ausrede einfallen lassen, warum er so spät noch außer Haus ging. Ihre Nachbarin Madame Olga veranstaltete neuerdings jeden Samstag einen Bridgeabend, zu dem sie Tante Sharon und einige andere Damen einlud. Seit sie den Poltergeist vertrieben hatten, von dem Madame Olga besessen gewesen war, war sie richtig nett zu Otto. Sie plauderte mit ihm am Gartenzaun, machte Witze oder schenkte ihm selbst gebackenen Kuchen. Otto war froh, dass seine Tante eine so gute Freundin gefunden hatte, und ein netter Nebeneffekt war, dass sie ihn nicht rund um die Uhr überwachte. Mit zwölf brauchte Otto ohnehin längst keinen Babysitter mehr.

Gegen acht Uhr abends waren Otto und Vincent startklar. Nachdem Tante Sharon aus der Tür war, hatte Otto Onkel Archibalds alten Kleiderschrank geplündert und sich eine ganz ansehnliche Ausrüstung zusammengesucht: bunte Hosen, einen weiten Mantel und einen Hut mit breiter Krempe. Wenn es ihnen gelang, Sigmund Schwefelkopf gut genug zu verhüllen, würde er nachts niemandem auf der Straße auffallen. Hoffentlich.

Otto hatte Vincent gerade in das Seitenfach seines Rucksacks gesteckt und wollte sich auf sein Fahrrad schwingen, als sein Handy piepte. Es war eine SMS von Emily.

```
Kann heute Abend nicht mitkommen.
Meine Eltern haben mich zu Tante Martha
nach Schottland geschleppt. Alles Gute
für die Befreiung von Sigmund Schwefel-
kopf. Liebe Grüße, Emily.
```

Wie von Sinnen starrte Otto auf die SMS. Emily sagte ihm ab? Um zu ihrer Tante Martha zu fahren? Das sah ihr gar nicht ähnlich. Normalerweise fand Emily Mittel und Wege, sich vor unliebsamen Verwandtenbesuchen zu drücken. Erst recht, wenn ein so spannender Plan wie ein nächtlicher Einbruch in die Schule bevorstand.

»Was ist los? Fahren wir jetzt endlich oder was? Hast du das Radfahren verlernt? Oder brauchst du eine Extraeinladung?«, krächzte Vincent frech aus dem Rucksack. »Um viertel nach neun kommt Tante Sharon zurück, und wenn du bis dahin nicht wieder in deinem Zimmer bist, blüht dir bestimmt Hausarrest. Oder du

darfst ihr die nächsten zwei Wochen beim Putzen helfen. Oder wieder Uhren zusammenschrauben. Brrrr.«

»Ja, ja, schon gut«, murmelte Otto, pfefferte sein Handy in den Rucksack und fuhr los. Ein spontaner Verwandtenbesuch in Schottland? Das klang wie eine miese Ausrede. Aber warum sollte Emily das tun?

»Was ist mit Fräulein Zottelhaar?«, krähte Vincent wenig charmant, als Otto an der Abzweigung zur Kürbisgasse vorbeiradelte. »Holen wir die nicht ab?«

»Emily kommt nicht mit«, antwortete Otto knapp. Sie erreichten schließlich das finstere Schulgelände. Vorsichtshalber versteckte Otto sein Fahrrad zwischen den Büschen. »Wir kriegen das bestimmt auch alleine hin, Vincent, nicht wahr?«

»Logisch«, versicherte ihm Vincent, schlüpfte aus dem Rucksack und landete auf einem Zweig. Einige Vögel begannen aufgeregt zu zwitschern und flatterten dann verängstigt davon. »Immerhin hast du eine Halb-Geisterfledermaus dabei, schon vergessen? Eine sprechende Halb-Geisterfledermaus, wohlgemerkt. Wer braucht schon Emily?«

Otto nickte traurig. Aber er konnte sich jetzt nicht länger über Emily den Kopf zerbrechen. Entschlossen setzte er den Rucksack auf und schlich an der Mauer entlang bis zur Rückseite des Schulgebäudes, wo sich die schmalen hohen Fenster zum Keller befanden.

Nachts sah die Sigmund-Schwefelkopf-Schule merkwürdig aus. Das fahle Grau wirkte trist und trostlos. Der einzige Vorteil des hässlichen Bunkerbaus war, dass es keine versteckten Ecken und Winkel gab, aus denen jemand Otto überraschen konnte. Das gesamte Schulgelände stand leer.

»Und wo ist jetzt das Fenster, das zu Sigmunds Labor führt?«, murmelte Vincent, der auf Ottos Schulter hockte. »Heute früh war es noch einen Spalt gekippt, aber was ist, wenn es der Hausmeister inzwischen –«

»Beruhig dich, Vincent. Da ist es ja.« Otto bückte sich, ging näher an das kleine Fenster heran und spähte hinab in den Keller. Sigmund Schwefelkopf stand an der Tafel und kritzelte wie von Sinnen mathematische Formeln darauf. Otto klopfte ans Fenster.

»Na endlich! Ich dachte schon, ihr habt vergessen, mich abzuholen. Ich könnte durch das Fenster zu euch nach draußen klettern«, sagte der Professor und versuchte, sich zu strecken, um den Griff des Fensters zu erwischen. »Auweia. Zu hoch oben. Ich bräuchte eine Leiter.«

»Ich habe etwas Besseres dabei als eine Leiter«, verkündete Otto und ließ Vincent durch den geöffneten Fensterspalt schlüpfen. Danach stemmte sich die Fledermaus mit aller Kraft gegen den Griff und drückte ihn nach unten, nicht ohne dabei vor sich hin zu schimpfen wie ein Rohrspatz.

»Ach du labbrige Lauchzwiebel! Ich hätte heute früh nicht so viele Maden fressen sollen«, ächzte Vincent. Nach einigen Sekunden lautstarken Fluchens gelang es ihm schließlich doch, das gekippte Fenster zu schließen und wieder ganz zu öffnen.

»Was in Dreiteufelsnamen … ist das etwa wieder die sprechende Fledermaus, die mich heute Morgen besucht hat?«, erkundigte sich der Professor von unten. »Die sich mit einem Pfund fetter Spinnen den Bauch vollgefressen hat?«

»Es war noch nicht mal ein halbes Pfund. Und es waren Maden, keine Spinnen«, korrigierte Vincent. »Außerdem bin ich eine Halb-Geisterfledermaus. Aus dem Jenseits.«

»Ach … Ich dachte mir doch, dass an diesem Kerlchen irgendetwas anders ist, aber ich hatte beinahe vergessen, dass die Fledermäuse im Diesseits nicht sprechen können.« Der Professor runzelte die Stirn und musterte Vincent, der sich gerade würdevoll Staub aus dem Fell klopfte. »Eine Halb-Geisterfledermaus als Haustier. Du bist ziemlich außergewöhnlich für einen Menschen, Otto.«

Otto hob die Schultern. »Da haben Sie vermutlich recht.«

»Und jetzt?«

»Jetzt ziehen wir Sie hoch«, verkündete Otto, beugte sich vor und streckte Sigmund Schwefelkopf seinen Arm entgegen. Mit der anderen Hand hielt er sich am Fensterrahmen fest, um nicht das Gleichgewicht zu verlieren. Da der Professor nicht viel größer war als Otto selbst, brauchte er mehrere Anläufe, bis es ihm gelang, Ottos Hand zu ergreifen.

Otto zog mit aller Kraft daran und Sigmund Schwefelkopf kletterte schwerfällig durch die kleine Fensteröffnung.

»Wahnsinn, für jemanden, der tot ist, sind Sie aber nicht gerade leicht«, stellte Otto fest, als der Professor schnaufend neben ihm ins Gras plumpste. »Ich dachte, dass Geister irgendwie … schwereloser sind.«

»Ich bin ja auch kein Geist, sondern ein Jenseitsbewohner«, korrigierte ihn der Professor.

»Ach, stimmt ja.«

»Wo ist eigentlich deine Freundin Emily?«, erkundigte sich Schwefelkopf und sah sich um. »Dieses verrückte Mädchen mit dem merkwürdigen Klamottengeschmack und den verschiedenfarbigen Augen?«

»Konnte heute nicht. Sie besucht ihre Tante in Schottland«, antwortete Otto knapp. Auch wenn er sich bemühte, es gelang ihm nicht, zu verbergen, dass er ziemlich sauer auf Emily war.

Der Professor musterte ihn von der Seite. »Ach, Mädchen. Versteh mal einer diese merkwürdigen Wesen«, murmelte er. »Ich habe versucht, die Mädchen mit Formeln zu berechnen, um herauszufinden, wie sie so ticken und was sie als Nächstes tun. Aber glaub mir, Mädchen sind einfach unberechenbar.«

Vincent lachte bitter. »Ja, in der Tat. Vertschüssen sich einfach und heiraten am anderen Ende der Welt wildfremde Typen, wo sie doch hier eine gut aussehende, intelligente, muskelbepackte Fledermaus haben könnten.«

Der Professor lächelte. »Ich hatte auch nie besonders viel Kontakt mit dieser Spezies. Ich habe nie geheiratet. Ich war sozusagen mit der Wissenschaft verheiratet. Und ich glaube, das war auch besser so.«

Otto brummte bloß. Er glaubte eigentlich nicht, dass alle Mädchen merkwürdig und unberechenbar waren, so wie der Professor vermutete. Bis vorhin hatte Emily sich nämlich noch nie merkwürdig verhalten. Aber er hatte jetzt keine Zeit, darüber nachzugrübeln. Der nächste Teil des Plans stand an.

»Bitte, Professor. Ziehen Sie das hier an«, sagte Otto und reichte dem Professor die mitgebrachten Klamotten aus seinem Rucksack. »Es ist zwar inzwischen dunkel, aber es soll trotzdem niemand entdecken, dass Sie keine Farben an sich tragen.«

Der Professor seufzte und betrachtete etwas unschlüssig Onkel Archibalds alte Klamotten, doch schließlich schlüpfte er hinein und setzte sich den Hut auf.

Vincent bekam einen Lachanfall und deutete auf den

riesigen Hut. »Otto, damit sieht er doch noch viel auffälliger aus. Wie ein Detektiv mit Angst vor Sonnenbrand.«

»Dann nehmen wir eben den Schleichweg zurück nach Hause. Den Fluss entlang, und dann durch die kleinen Wohnstraßen zurück in den Radieschenweg«, beschloss Otto. »Ich lasse mein Fahrrad hier stehen, das alte Ding wird schon keiner klauen.«

Gesagt, getan. Der holprige Weg am Flussufer war nachts zwar um einiges beschwerlicher als die Hauptstraße, aber dafür waren Otto, Vincent und Professor Schwefelkopf die Einzigen, die hier unterwegs waren. Mit einer Taschenlampe beleuchtete Otto den Weg vor ihnen.

»Ich finde es sehr nett, dass ihr mich für einige Zeit bei euch wohnen lasst. Aber irgendwann muss ich wieder zurück ins Jenseits«, sagte der Professor nach einer Weile und seufzte. »Außerdem vermisse ich das leckere Jenseitsessen. Ganz in der Nähe meines Hauses gibt es eine Bäckerei mit den besten Schokohörnchen zwischen Himmel und Erde. So etwas habt ihr sicher noch nie gegessen. Hmmm, schon alleine bei dem Gedanken läuft mir das Wasser im Mund zusammen.«

Otto blickte den Professor an. Natürlich konnte Schwefelkopf als Toter nicht ewig hier in der Welt der Menschen bleiben. Aber wenn es Otto gelang, seiner Erinnerung auf die Sprünge zu helfen, würde er ihm bestimmt verraten, wie er vom Jenseits ins Diesseits gelangt war. Und wenn Otto erst wusste, wie das möglich war, konnte er auch Onkel Archibald aus dem Jenseits befreien.

Otto konnte nur hoffen, dass die Gehirnerschütterung, die der Professor sich durch den Deckel der Mülltonne zugezogen hatte, nicht allzu schlimm war und der Gedächtnisverlust bald nachließ.

Außerdem galt es herauszufinden, ob Mr Malone auf die gleiche Art vom Jenseits ins Diesseits gelangt war. Otto vermutete, dass der Sprung zwischen den Welten zumindest bei Mr Malone geplant gewesen war. Denn für eine zufällige, unerwartete Reise in die Welt der Menschen war der Lehrer eindeutig zu gut vorbereitet gewesen.

»Wir finden schon wieder einen Weg, Sie zurück ins Jenseits zu schaffen«, versicherte Otto dem Professor. »Aber erst mal müssen wir wissen, was im Jenseits passiert ist, bevor Sie in unserer Schul-Mülltonne gelandet sind. Ist Ihre Erinnerung inzwischen zurückgekehrt?«

Professor Schwefelkopf schüttelte den Kopf.

»Mist«, schimpfte Otto. »Hätte Sie der eiserne Deckel des Containers bloß nicht am Kopf getroffen, dann –«

»Sag mal, Otto, ist das nicht Emilys Haus da drüben?«, unterbrach ihn Vincent und deutete auf ein modernes Gebäude auf der anderen Straßenseite. »Sieht ganz und gar nicht danach aus, als ob die tatsächlich nach Schottland gefahren wären.«

Otto blieb stehen, starrte auf das Haus und vergaß Professor Schwefelkopf neben sich für einen Moment. Vincent hatte recht. Sowohl im Erdgeschoss als auch im ersten Stock brannte Licht, außerdem parkte das Auto von Emilys Eltern vor dem Haus. Nur in Emilys Zimmer, ganz links hinten, war es dunkel.

»Scheint ganz so, als hätte dich deine Freundin angeflunkert«, stellte Vincent nüchtern fest. »Oder sie sind schon wieder zurück. Allerdings hätten sie sich dann vermutlich teleportiert, denn so schnell ist noch nicht mal ein Flugzeug.«

Also doch! Der Besuch bei Tante Martha war nur eine Ausrede gewesen. Otto war fassungslos. Emily hatte ihn

tatsächlich angelogen. Aber warum hatte sie das getan? Hatte sie keine Lust gehabt, sich mit ihm zu treffen?

Oder wollte sie auf einmal nicht mehr mit ihm befreundet sein? Der Gedanke versetzte ihm einen schmerzhaften Stich.

»Oh, bist du das, Otto?«, ertönte plötzlich eine Stimme von der anderen Seite der Straße. Eine blonde Frau winkte Otto zu, während sie einen Müllsack in die Mülltonne vor dem Haus warf.

Otto erstarrte. Das war Emilys Mutter. So ein Mist. Am liebsten hätte er sich auf der Stelle in Luft aufgelöst.

»Oh, hallo. Einen schönen guten Abend!« Otto winkte zurück und versuchte, möglichst entspannt zu klingen.

»Wen hast du denn da mitgebracht?« Emilys Mutter reckte neugierig den Hals und betrachtete Professor Schwefelkopf, der etwas versetzt hinter Otto stand.

Otto schluckte. Hoffentlich kam sie nicht näher. »Das ist bloß … Siggi. Ein neuer Schüler aus unserer Klasse. Mrs Dimpleby hat mich gebeten, ihm die Stadt zu zeigen. Er ist leider … etwas schüchtern.«

»Oh. Ganz schön spät für einen Stadtrundgang«, antworte Emilys Mutter. »Seid vorsichtig. Aber ich finde es toll, dass ihr euch so rührend um eure neuen Mitschüler kümmert. Emily ist auch gerade bei Albert zu Gast. Sie war ganz aufgeregt, dass er sie eingeladen hat. Aber das weißt du ja bestimmt schon.«

Vor Verblüffung brachte Otto kein Wort über die Lippen. Emily war bei Albert? Dem neuen, etwas merkwürdigen Schüler, der schon Dutzende Physikpreise erhalten hat? Für diesen Typen hatte Emily ihn versetzt? Das war doch nicht ihr Ernst!

»Seht besser zu, dass ihr nach Hause kommt, es soll bald regnen«, meinte Emilys Mum. »Richte deiner Tante viele Grüße aus, Otto. Mach's gut, Siggi.« Sie winkte noch einmal zum Abschied, bevor sie im Haus verschwand.

Otto kochte innerlich. Emily hatte ihn also tatsächlich angelogen. Und noch viel schlimmer, sie hatte offenbar vor, sich einen neuen besten Freund zu suchen.

Diesen Albert.

Eine bodenlose Frechheit, fand Otto. Er würde ihr heute bestimmt keine SMS schreiben, um ihr zu berichten, wie die Aktion gelaufen war. Emily konnte ihm gestohlen bleiben.

# Kopfgeld für Schwefelkopf

Äußerst gemütlich, diese geheime Kammer unter deinem Zimmer«, murmelte der Professor und ließ sich auf das zerknautschte Sofa fallen, das gegenüber von Onkel Archibalds Schreibtisch stand. »Und welch ein Zufall, dass dein Onkel ebenfalls Wissenschaftler war. Schade, dass ich ihn im Jenseits nie getroffen habe.«

»Das liegt daran, dass er sich dort versteckt halten muss«, erklärte Otto. Inzwischen war es fast Mitternacht und Sigmund Schwefelkopf hatte sich im Radieschenweg schon eingelebt. Dabei hatte Otto ihm einiges aus seinem Leben erzählt: dass seine Eltern seit einer Expedition als vermisst galten, er Geister sehen konnte und sein Onkel Archibald lebend im Jenseits festgehalten wurde.

Als sie gehört hatten, dass die Eingangstür ins Schloss

gefallen war, hatte Sigmund Schwefelkopf kurz nach Tante Sharon gefragt. Aber Otto hatte ihm versichert, dass es keine gute Idee war, sie miteinander bekannt zu machen. Auch wenn Tante Sharon nun von den Hausgeistern wusste – wie sie einen toten farblosen Professor in ihren vier Wänden finden würde, konnte Otto nicht abschätzen.

»Oh. Ich höre Schritte über uns. Ist das etwa deine Tante?«, erkundigte sich der Professor und spitzte die Ohren. »Ich glaube, sie ist in deinem Zimmer und sucht nach dir.«

»Was?« Otto sah auf. Er hatte doch abgesperrt. »Bleiben Sie einstweilen hier unten, ich komme sofort wieder.«

»Alles klar. Aber wenn du zurückkommst, bring mir einen Schlafanzug mit. Einen bunten, wenn es geht. Und ein Schokohörnchen, wenn du eins findest, auch wenn die bestimmt nicht so gut sind wie die aus der Jenseitsbäckerei. Und Zahnpasta. Mundhygiene ist nämlich nicht zu vernachlässigen, auch im Jenseits nicht, schreib dir das hinter die Ohren, Junge.« Aufgekratzt lief der Professor vor dem Sofa auf und ab. »Mann, bin ich aufgeregt. Ich habe schon seit über hundert Jahren nicht mehr bei einem Freund übernachtet. Ich glaube, ich bekomme heute Nacht kein Auge zu.«

Der Professor hat echt ein Rad ab, dachte Otto, als er

auf die Leiter stieg und die Luke beinahe lautlos einen Spaltbreit hob, um erkennen zu können, wer sich in seinem Zimmer befand. Er entdeckte ein Paar verschiedenfarbige Turnschuhe.

Ah. Es war Harold.

Flink schlüpfte Otto aus der Öffnung, ließ die Klappe zufallen und tippte Harold von hinten auf die Schulter.

»Woaaah«, rief der Sensenmann, als er Otto entdeckte, stolperte und landete rücklings auf Ottos Bett. Dabei gaben seine Knochen ein grässliches Knacksen von sich. »Wo kommst du denn auf einmal her? Du hast mich zu Tode erschreckt.«

»Ups, entschuldige«, murmelte Otto und half dem Sensenmann auf. »Huch. Wie siehst du denn aus?«

Otto traute seinen Augen nicht. Harold trug über seiner Kutte ein übergroßes T-Shirt und ein verkehrt herum aufgesetztes Baseballcap. Obwohl es draußen stockdunkel war, trug er eine Sonnenbrille. Außerdem baumelte um seinen knochigen Hals eine glänzende Kette mit einem riesigen H. Fehlte nur noch ein Gettoblaster auf seiner Schulter und er hätte in einem Musikvideo auftreten können.

»Ach, du meinst das Outfit?« Harold lachte verlegen. »Ich habe endlich jemanden gefunden, der mich unterrichtet. Und mein neuer Lehrer ist der Ansicht, dass man gleich viel besser rappt, wenn man das richtige Outfit trägt.« Er griff nach der grauen Kette und hielt sie Otto entgegen. »Das hab ich alles auf dem Jenseitsflohmarkt gekauft. Die Kette hätte ich natürlich viel lieber in Gold gehabt, aber du weißt ja, wie das ist mit den Farben.«

Otto schmunzelte. Ob er Harold bitten sollte, gleich mal eine Kostprobe zu geben?

»Wo warst du denn gestern Abend? Ich habe dich gesucht, aber dein Zimmer war leer«, erkundigte sich Harold.

Otto ließ sich auf sein Bett fallen. »Ach, wir hatten eine Lesenacht in der Schule. Und Emily und ich haben versucht, mehr über Mr Malone rauszufinden. Du weißt schon, der Kerl, der gräulich schimmernde Haut besitzt und uns weismachen wollte, er hätte eine seltsame Krankheit.«

»Oh! Gut, dass du davon sprichst.« Harold begann plötzlich, aufgeregt in seiner Umhängetasche zu kramen. »Wo ist denn nur wieder mein Seelen-Messenger? Ständig lasse ich das dumme Ding irgendwo liegen und muss mich dann von einem anderen Telefon aus anrufen, um es zu finden. Herrje … ach, hier ist er ja. Schau, was für eine Nachricht uns das SBI heute Morgen geschickt hat. Dringlichkeitsstufe eins plus. Ich wusste gar nicht, dass es so eine Stufe überhaupt gibt.«

Otto blickte auf das Display von Harolds Handy. Dort war eine E-Mail vom SBI zu lesen:

An alle Sensenmänner: Wir haben Grund zur Annahme, dass jemand ein unerlaubtes Verbindungsportal von der Jenseitswelt ins Diesseits gelegt hat. Bis dato gelten mehrere Jenseitsbewohner als vermisst und die Vermutung liegt nahe, dass sie sich im Diesseits aufhalten. Alle Sensenmänner sind dringend angehalten, neben ihrer Tätigkeit als Seeleneinsammler abtrünnige Jenseitsbewohner mithilfe ihrer Jenseits-App zurück in unsere Welt zu begleiten. Belohnung pro Jenseitsbewohner: 10.000 Pfund.

»Ist das nicht krass?«, schnaufte Harold und warf den Seelen-Messenger achtlos zurück in seine Tasche.

Otto konnte sich schon denken, was Harold von diesem Extraauftrag des SBI hielt. »Klingt jedenfalls nach einer Menge Arbeit«, vermutete er.

»Es klingt vor allem nach Kohle.« Harold begann zu strahlen. »10.000 Pfund pro entlaufenem Jenseitsbewohner. Kannst du dir das vorstellen? Wenn ich nur fünf davon einsammle, kann ich mir ein tolles neues Auto leisten. Und ein Urlaub ist womöglich auch noch drin.« Sehnsuchtsvoll blickte Harold an die Decke. »Hawaii war großartig, aber ich hätte diesmal Lust auf den Dschungel. Vielleicht Kenia? Ich könnte eine echte Dschungelsafari machen und sogar auf einem Elefanten reiten. Das wollte ich schon immer mal tun. Und das ist richtig leicht verdientes Geld. Zumal ich, dank dir, mein Freund, schon eine heiße Spur habe, was einen der entlaufenen Jenseitsbewohner betrifft.«

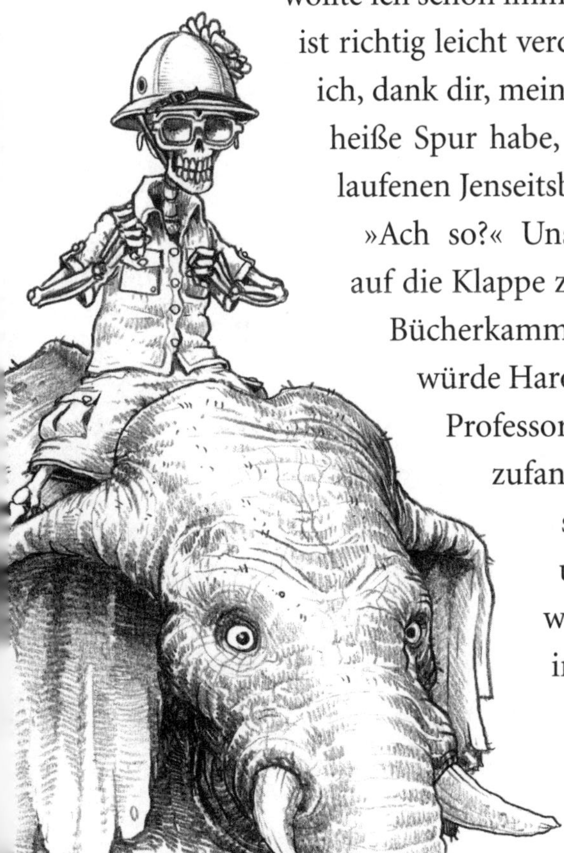

»Ach so?« Unsicher blickte Otto auf die Klappe zu Onkel Archibalds Bücherkammer. Oje. Hoffentlich würde Harold nicht versuchen, Professor Schwefelkopf einzufangen. Den brauchten sie schließlich noch, um herauszufinden, wie Onkel Archibald ins Diesseits zurückgelangen konnte.

»Na klar! Mr Malone, du Dussel. Du hast doch gerade von ihm gesprochen.« Harold zückte sein Schmetterlingsnetz, sprang herum und tat, als versuche er, ein imaginäres Wesen einzufangen. »Wir müssen ihn einfach nur allein erwischen. Ich begleite dich in die Schule, und wenn er sich auf den Heimweg macht … peng. Wir schlagen zu! Zurück ins Land der Farblosen, Ganove!«

Otto starrte seinen Kumpel an. Vor lauter Verblüffung merkte er nicht, wie sich die Klappe im Fußboden öffnete und Sigmund Schwefelkopf zum Vorschein kam.

»Geister! Otto, komm schnell! Da sind Geister in deinem Haus!«, rief Sigmund Schwefelkopf Otto entgegen. Auch wenn er grau war, schien er plötzlich noch blasser als sonst. »Ein richtig fetter namens Sir Tony. Und er ist unhöflich zu mir! Du musst mir helfen!«

Otto wagte es nicht, zu antworten. Verunsichert starrte er auf Harold, der sich in Zeitlupe umdrehte und den schwarz-weißen Professor neugierig ins Visier nahm. Otto gefiel gar nicht, wie Harolds Augen plötzlich zu funkeln begannen, beinahe so, als würden gleich Dollarzeichen darin erscheinen.

Inzwischen kletterte Sigmund Schwefelkopf aus der Öffnung und warf einen Blick auf den Sensenmann. »Oh, du hast ja Besuch. Ein Sensenmann. So einen habe ich ja seit meinem Tod nicht mehr gesehen. Sehr erfreut, Sigmund Schwefelkopf mein Name, Professor der Chemie und verhinderter Nobelpreisträger. Sind Sie zufällig derjenige, welcher mich vor hundert Jahren eingefangen hat? Wir haben uns eine rasante Verfolgungsjagd quer durch einen Pferdestall geliefert, bevor Sie meine Seele erwischt haben. Na, klingelt's?«

Harolds Augen verengten sich, sein Blick war unergründlich. »Nicht dass ich mich erinnern könnte«, murmelte er langsam und ließ den schwarz-weißen Professor nicht aus den Augen. Otto sah, wie Harold das Schmetterlingsnetz fester umklammerte, bereit, Sigmund jederzeit einzufangen.

»Na ja, dann war es vielleicht ein anderer Sensenmann. Ihr Typen seht doch eh alle gleich aus. Wobei ich noch keinen mit Kappe und Ketten um den Hals … aaahhh, was tun Sie denn da? Lassen Sie mich los! Sofort! Otto, hilf mir doch!«

Verdutzt sah Otto zu, wie Harold sein Schmetterlingsnetz über den Professor stülpte. Offenbar war das Netz extrem dehnbar, denn Harold hatte es geschafft, es über Sigmund Schwefelkopfs Haaransatz bis zum Boden zu ziehen und stieg nun mit seinem Turnschuh auf den Griff. Sigmund Schwefelkopf sah aus wie ein frisch gefangener dicker Fisch.

»Ähm, Harold …« Otto drängte sich dazwischen. »Lass bitte das Netz los. Du kannst Sigmund Schwefelkopf nicht einfangen. Er ist mein Freund. Und hier zu Gast.«

»Ich bin … dein Freund?« Der Professor im Netz klang plötzlich gerührt.

»Ihn freilassen? Aber, Otto … er ist ein entlaufener Jenseitsbewohner!« Harold klang verwirrt. »Du hast doch gelesen, was das SBI uns Sensenmännern befohlen hat. Es ist mein Arbeitsauftrag.«

»Ach, komm schon, Harold. Seit wann hältst du dich denn an Arbeitsaufträge?«, schnaubte Otto zurück und verschränkte die Arme vor der Brust.

»Seit sie mit … na ja, einem hohen Kopfgeld verbunden sind.« Harold kratzte sich am Kopf. »Sei lieber froh, dass ich dich nicht als Mittäter anzeige, Otto. Einem entlaufenen Jenseitsbewohner Unterschlupf zu gewähren, gefällt dem SBI sicher nicht besonders gut.«

Otto funkelte Harold an. »Das wagst du nicht.«

»Vorschriften sind nun mal Vorschiften. Nenn mir einen guten Grund, warum ich mir zehntausend Pfund durch die Lappen gehen lassen soll, um diesen schrägen Winzling hier frei rumlaufen zu lassen. Der sieht ja aus wie Albert Einstein für Arme.«

»Also nun mal halblang«, meldete sich Sigmund Schwefelkopf zu Wort. »Ich habe immerhin das Knall-o-Mit erfunden, einen äußerst wirksamen Sprengstoff. Und was hast du erfunden, Sensenmann?«

Harold brummte. »Jetzt wird er auch noch frech.«

»Bitte, Harold«, flehte Otto. »Ich habe ihn extra aus

der Schule mitgebracht, um sicherzugehen, dass ihm nichts geschieht. Ich möchte herausfinden, wo sich das geheime Portal, von dem das SBI schreibt, genau befindet. Aber dazu brauchen wir Zeit. Professor Schwefelkopf kann sich nämlich momentan nicht daran erinnern.«

Harold schwieg für eine Weile und dachte nach. »Ich bin sicher, das SBI würde nur zu gerne wissen, wo genau sich das Portal befindet. Die raten nämlich alle ins Blaue hinein. Wobei das natürlich nicht wörtlich zu nehmen ist, in einer farblosen Welt. Sagen wir besser, das SBI tappt im Dunkeln. Ja, das ist treffender.«

»Da kann uns Professor Schwefelkopf helfen«, versicherte ihm Otto. »Vielleicht fällt es ihm schon morgen wieder ein. Und dann kannst du ihn gerne wieder mit ins Jenseits nehmen, stimmt's, Professor Schwefelkopf?«

»Du kannst mich Siggi nennen. Wir sind ja jetzt Freunde«, grinste der Professor und zwinkerte Otto aus dem Netz zu. »Und ja, das stimmt. Ich will hier doch gar nicht bleiben. Hab ich schon erwähnt, dass ich die Schokoladenhörnchen aus der Jenseitsbäckerei vermisse?«

»Nur etwa zwanzigmal«, murmelte Otto.

»Schokohörnchen?«, fragte Harold interessiert. »Meinen Sie die aus der Bäckerei *Zum Todesbrot*? Oder sprechen Sie von diesem neuen Laden, der kürzlich eröffnet hat? Die Bäckerei *Zum letzten Abendmahl*? Die Preise dort sind ja wirklich eine Unverschämtheit.«

»Nein, nein, natürlich die Bäckerei *Zum Todesbrot*. Der Bäcker hat die Hörnchen jetzt ganz neu im Angebot. Die müssen Sie unbedingt mal probieren, Sensenmann.«

»Du kannst mich Harold nennen«, antwortete Harold freundlich.

»Gerne.« Der Professor zuckte mit den Schultern. »Harold, kannst du mich jetzt bitte aus dem Netz entlassen? Es wird langsam echt unbequem.«

»Meinetwegen.« Harold trat vom Griff des Netzes und hob den knochigen Zeigefinger. »Aber versprich mir, dass du dich von keinem anderen Sensenmann einfangen lässt. Wir warten noch, bis du dich erinnerst, wo sich das Jenseitsportal aufgetan hat, aber dann bringe ich dich schnurstracks zurück und kassiere meine fette Belohnung. Wer weiß, vielleicht zahlt das SBI ja extra Kohle, wenn ich Informationen zum genauen Ort des Portals liefere. Hmm. Einen Versuch wäre es wert.«

Otto atmete erleichtert auf, als Harold Professor Schwefelkopf endlich freiließ. Tante Sharon saß zwar unten im Wohnzimmer, reparierte Uhren und hörte so laut Radio, dass sie wahrscheinlich nichts mitbekam, aber er wollte lieber kein Risiko eingehen.

Seine Tante hatte die Existenz von Geistern noch immer nicht ganz verdaut. Einen Sensenmann im Rapper-Outfit und einen farblosen Professor wollte er ihr lieber nicht zumuten – schon gar nicht um diese Uhrzeit.

# Zombies im Radieschenweg

Den ganzen Sonntagvormittag über ließ Emily keinen Pieps von sich hören. Kein Anruf, keine SMS und kein spontaner Besuch, wie sie es manchmal gerne tat. Otto vermutete, dass ihre Mum ihr von ihrer Begegnung mit Otto und »Siggi« erzählt hatte und es Emily nun unangenehm war, dass ihre Lüge mit Schottland aufgeflogen war.

Dabei hätte Otto so dringend ihre Hilfe gebraucht. Emily war clever, bestimmt fiel ihr etwas ein, um Sigmund Schwefelkopfs Erinnerung auf die Sprünge zu helfen. Andererseits – brauchte Otto wirklich Emily, um eine Lösung für dieses Problem zu finden? Er hatte immerhin auch Vincent, Harold und die Hausgeister, die ihm mit Rat und Tat zur Seite standen. Obwohl Sir Tony diesmal leider zu wenig zu gebrauchen war. Er zickte schon den ganzen Tag lang herum, weil es ihm ganz und gar nicht passte, dass ein fremder Besucher Onkel Archibalds Bücherkammer in Beschlag genommen hatte.

»Bei dir piept's wohl, Otto«, echauffierte er sich und tippte sich an die Stirn. »Lädst einfach einen wildfremden Gast ein und lässt ihn hier unten in unserer geheimen Kammer wohnen. Die Villa gehört nicht dir, mein Junge. Du solltest vorher jemanden um Erlaubnis fragen, der etwas zu sagen hat.«

Otto zuckte nur mit den Schultern und schlüpfte in seine Hausschuhe. Das Frühstück würde gleich fertig sein. »Ja, ich weiß«, antwortete er kurz. In gewisser Weise hatte Tony ja recht. »Ich hätte Tante Sharon vorher fragen –«

»Tante Sharon?«, kreischte Sir Tony. »Wen interessiert die denn? Ich meine natürlich *mich*! Wie kommst du auf die Idee, Gäste einzuladen, ohne mir vorher Bescheid zu geben?«

»Sigmund Schwefelkopf ist kein Gast, sondern … ein Flüchtling«, rechtfertigte sich Otto. »Er ist unabsichtlich aus dem Jenseits gefallen und kann sonst nirgendwo unterkommen. Er bleibt einstweilen hier, und damit basta.«

»Aus dem Jenseits gefallen? Oh … der arme, glückliche Sigmund Schwefelkopf. *Seine* Seele wurde ja zeitgerecht von einem Sensenmann eingefangen und er durfte in die schöne Jenseitswelt. Nicht so wie ich, der ich nun bis in alle Ewigkeiten im Radieschenweg herumspuken muss«, meckerte Sir Tony und schwebte beleidigt im Kreis.

Ach, das war also sein Problem. Sir Tony war neidisch auf Jenseitsbewohner. Immerhin wurden deren Seelen nach dem Tod ordnungsgemäß in Gurkengläser gesteckt und durch die Pendeluhr ins Jenseits transportiert. Aber da Sir Tony, Bert und Molly vergessen worden waren, gab es nun keinen Weg mehr, sie nachträglich in die Welt der Toten zu bringen.

»Sir Tony, bitte«, versuchte Otto, den Hausgeist zu beschwichtigen.

»Bitte, was?« Sir Tony schien tatsächlich stinkwütend zu sein. Sein Hut verrutschte, was ziemlich komisch aussah. »Kann Sigmund Schweinekopf nicht woanders wohnen?«

»Schwefelkopf«, verbesserte Otto.

»Schweinekopf, Schwefelkopf, mir doch egal. Dein … Flüchtling ist furchtbar anstrengend und hat die halbe Nacht wie ein Irrer irgendwelche Formeln auf Notizzettel gekritzelt. Ich habe bei diesem Kugelschreiberlärm kein Auge zugebracht. Das war mentale Folter, viel schlimmer als der Staubsauger!«

Otto hob eine Augenbraue. Geister schliefen nicht, aber er verkniff sich den Kommentar. Er hatte wirklich keine Lust, sich schon vor dem Frühstück auf Diskussionen einzulassen, die zu nichts führten.

»Und als er dann geschlafen hat, hat er im Schlaf irgendetwas von wissenschaftlichen Theorien gebrabbelt«, meckerte Sir Tony weiter, ohne auch nur einmal dazwischen Luft zu holen. »Der ist doch von allen guten Geistern verlassen. Wenn du ihn nicht schleunigst aus meinen eigenen vier Wänden wegschaffst, dann petze ich es Tante Sharon.« Triumphierend reckte er das Kinn.

Auweia. Dieser Schachzug war neu von Sir Tony. Nun, da er mit Ottos Tante Kontakt aufnehmen konnte, war es für ihn ein Leichtes, dies als Druckmittel zu benutzen. Wie ärgerlich. Doch weil das Frühstück sonst kalt werden würde, beschloss Otto, das Gespräch mit Sir Tony auf später zu verschieben.

Wer weiß, vielleicht würde sich Sigmund Schwefelkopf ja schon heute Nachmittag an den genauen Ort des Jenseitsportals erinnern? Dann konnte Otto Sigmund Schwefelkopf zurück ins Jenseits schicken und Sir Tony wäre wieder glücklich.

»Warum fragst du eigentlich nicht deinen Onkel Archibald, wenn du den Standort dieses geheimen Portals aus dem Jenseits finden möchtest?«, rief Sir Tony ihm hinterher, als Otto schon halb aus der Tür war.

»Schscht«, machte Otto alarmiert. »Tony, bist du irre? Nicht so laut! Tante Sharon ahnt nichts davon, dass sich ihr Mann lebend im Jenseits befindet.« Er überlegte. »Aber die Idee ist gar nicht mal so übel. Wenn wir Glück haben, weiß Onkel Archibald tatsächlich etwas über das Jenseitsportal. Vielleicht hat er irgendetwas mitbekommen oder sogar gesehen, wie Mr Malone oder Sigmund Schwefelkopf darin eingesaugt wurden.«

Sir Tony nickte zufrieden. »Tja, ich habe nun mal die besten Ideen. Und nicht die plappernde, nervige Fledermaus in deinem Schrank. Stimmt's, Otto? Ich bin dein bester Freund. Nicht wahr? Nicht waaaahr?«

»Ja, ja, natürlich.« Otto verdrehte heimlich die Augen, als er aus dem Zimmer ging. Zum Glück hatte Vincent nichts mitgekriegt und schnarchte noch immer friedlich im Schrank. Unten bei Tante Sharon trank er hastig seinen Kakao und schlang die Bohnen mit Toast herunter. Er konnte es kaum erwarten, die Jenseits-Schneekugel zu benutzen, mit der er Kontakt zu seinem Onkel aufnehmen konnte. Harold hatte sie ihm vor einigen Monaten zu Weihnachten geschenkt, und normalerweise hätte Otto Emily Bescheid gesagt, bevor er sie verwendete. Aber das fiel ja diesmal leider flach.

Zurück in seinem Zimmer holte er Vincent aus dem Schrank und bat den Professor aus der geheimen Kammer. Die beiden nahmen um die Kugel herum Platz und Otto schüttelte sie vorsichtig.

Als das Schneegestöber durch die Kugel wehte, geschah etwas, was Otto seit jeher faszinierte: Der Inhalt der Kugel wurde mit einem Schlag lebendig. Die Tannen

unter der Kuppel wiegten sich im Wind und aus Onkel Archibalds Hütte stieg Rauch auf. Ein Zeichen dafür, dass die Verbindung stand.

»Onkel Archibald? Kannst du mich hören? Ich bin es, Otto«, rief er der Kugel entgegen. Besonders laut sprechen konnte er nicht, denn Tante Sharon war zu Hause. Aber meistens funktionierte der Empfang der Jenseits-Schneekugel einwandfrei. Außer es waren Poltergeister in der Nähe, dann konnte das Ding auch schon mal seinen Dienst quittieren.

Doch Onkel Archibald antwortete nicht. Otto rief noch zwei weitere Male, doch wieder schien ihn Onkel Archibald nicht zu hören.

»Vielleicht ist er nicht da?«, vermutete Sigmund Schwefelkopf.

»Blödsinn, aus der Hütte kommt doch Rauch«, entgegnete Vincent. »Vielleicht schläft er ja. Wartet mal, ich versuche es. Schnarchnase Archibald, Air-Gespräch aus dem Diesseits, bitte kommen, und zwar pronto.«

»Nicht so laut, Vincent!«, ermahnte ihn Otto.

Nach einigen Minuten öffnete sich die Tür der Hütte schließlich einen Spalt. »Komm ja schon, komm ja schon«, ertönte Onkel Archibalds tiefe Stimme. »Ich war gerade dabei, eine bahnbrechende Erfindung zu machen und konnte nicht so schnell weg.«

»Oh, das kenne ich«, antwortete Sigmund Schwefelkopf. »Im wichtigsten Moment wird man immer unterbrochen, nicht wahr? Ich bin Sigmund Schwefelkopf, freut mich, Sie kennenzulernen, Archibald.«

Archibald runzelte die Stirn und warf Otto einen verwirrten Blick zu. »Dein Lehrer?«

Otto lachte. »Nein, das ist Sigmund Schwefelkopf, Onkel Archibald. Er ist Wissenschaftler.«

»Ein genialer Wissenschaftler. Erfinder des Knall-o-Mits. Man hat sogar eine Schule nach mir benannt«, ergänzte Sigmund Schwefelkopf selbstverliebt.

»Und um ehrlich zu sein, ist er auch der Grund, warum wir dich anrufen«, fuhr Otto fort. »Denn Professor Schwefelkopf stammt aus deiner Welt.«

Onkel Archibald schien verwirrt. »Aus dem Jenseits? Aber wie kann er dann bei dir –«

»Das fragen wir uns auch«, rief Vincent. »Er ist im Jenseits wohl in irgendein abgedrehtes schwarzes Loch geplumpst, und dann lag er plötzlich im Müllcontainer von Ottos Schule und roch furchtbar nach Fleischbällchen.« Vincent streckte die Zunge heraus. »Die waren in der Kantine schon eklig, und im Mülleimer stanken sie noch viel mehr.«

»Er ist … durch ein Jenseitsportal gereist?« Onkel Archibald wirkte verblüfft. »Nun, ich habe allerdings schon davon gehört, dass solche Portale gelegt werden können. Und es kam auch nicht das erste Mal vor, dass jemand hindurchgeschlüpft ist. Zombies sind euch ja bestimmt ein Begriff, nicht wahr?«

»Du meinst … Zombies gibt es tatsächlich?«, rief Otto verwundert.

»Na ja, die echten Zombies verspeisen keine Gehirne. Das ist eine merkwürdige Erfindung aus Hollywood«, lachte Onkel Archibald und wanderte im Schnee vor der Hütte auf und ab. »Und meistens fühlen sich Zombies in deiner Welt auch gar nicht wohl, sondern sind unabsichtlich durch das Portal geraten.«

»Exakt. Dein Professor-Onkel hat echt Ahnung«, flüsterte Sigmund Schwefelkopf. »Genauso war es bei mir.«

»Wie ein Vogel, der sich aus Versehen ins Innere eines

Hauses verirrt hat«, fuhr Onkel Archibald fort. »Dabei ist der Weg zurück für diese verirrten Jenseitsbewohner so kinderleicht wie … na, sagen wir mal wie eine exponentielle Gleichung.« Er grinste. »Meistens reicht es, erneut dorthin zu gehen, wo einen das Portal ausgespuckt hat. In den Mülleimer, in Ihrem Fall, Professor Schwefelkopf. Auch wenn das nicht besonders lecker ist.«

Otto hörte aufmerksam zu, während er die Kugel erneut schüttelte. Solange der Schnee fiel, stand die Verbindung und jetzt konnte Otto keine Empfangsschwierigkeiten riskieren. »Aber … wer hätte denn Interesse daran, so ein Portal zu legen? Ist ein stinknormaler Jenseitsbewohner dazu imstande?«, fragte er dann. Ihm erschien die Sache jetzt schon viel klarer, auch wenn ihm immer noch tausend Fragen im Kopf herumspukten.

Onkel Archibald überlegte. »Ich habe keine Ahnung. Eigentlich sind die Sensenmänner die einzigen Grenzgänger zwischen den Welten. Sie können Portale legen. Allerdings auch nur einige wenige Privilegierte unter ihnen, zum Beispiel die Meister aller Geister. Normale Sensenmänner können das nicht.«

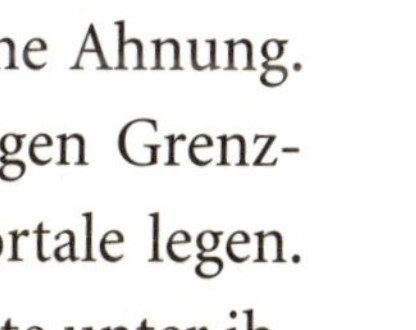

Sigmund Schwefelkopf schnappte nach Luft. »Sie meinen also … ein Sensenmann könnte das Portal gelegt haben?«

Onkel Archibald nickte. »Muss so sein. Wobei er das womöglich nicht für sich selbst getan hat. Denn Sensenmänner können sich für gewöhnlich frei zwischen den Welten bewegen. Warum sollten sie also ein solches Portal öffnen?«

»Sensenmänner haben die Jenseits-App«, erinnerte sich Otto. Klar! Damit beamten sie sich zwischen Diesseits und Jenseits hin und her.

»Exakt, Otto«, bestätigte Onkel Archibald. »Es wäre also durchaus möglich, dass ein Jenseitsbewohner einen Sensenmann überredet hat, ein solches Portal mithilfe seines Smartphones zu legen. Dazu gibt man ganz einfach die Koordinaten der Stelle ein, wo sich das Jenseitsportal öffnen soll, und fertig. Ein Kinderspiel für jeden Sensenmann.«

Otto überlegte. Konnte es sein, dass ein Sensenmann verbotenerweise ein Portal geöffnet hatte? Womöglich, um Mr Malone in Ottos Welt zu schaffen?

»Ich habe auch schon eine Vermutung, Onkel Archibald«, erklärte Otto. »Ein Jenseitsbewohner namens Mr Malone treibt sich in meiner Schule herum. Und ganz offensichtlich hat er in unserer Welt etwas Bestimmtes vor. Er sucht nämlich verzweifelt nach dir!«

»Nach mir?« Vor Verblüffung stolperte Onkel Archibald und landete mit seinem Hinterteil im Schnee.

Otto nickte. »Ja. Mr Malone hat gesagt, er wäre ein Freund von dir. Aber ich habe gleich geahnt, dass da etwas nicht stimmt.«

»Malone?« Archibald runzelte die Stirn und rappelte sich auf. »Nie von dem gehört. Aber du hast recht, Otto. Das könnte eine heiße Spur sein. Womöglich war es Mr Malone, der dafür gesorgt hat, dass jemand ein Jenseitsportal gelegt hat. Ist denn außer ihm und Professor Schwefelkopf noch jemand ins Diesseits gereist?«

»Nicht dass ich wüsste«, antwortete Otto.

»Ich könnte mal zum Müllcontainer flattern und nachsehen«, bot Vincent an. »Vielleicht finde ich darin ja Elvis Presley. Oder Marilyn Monroe.« Er seufzte. »Ob die mit einer charmanten, gut aussehenden Fledermaus ausgehen würde? Bestimmt würde sie mir helfen, über Ms Singh hinwegzukommen.«

Onkel Archibald schien der Gedanke nicht so gut zu gefallen. »Oje. Prominente Tote würden noch mehr Aufsehen erregen. Halt die Augen hoffen, Otto. Ich lebe hier tief im Wald und kann mich schlecht in der Stadt umsehen, also musst du herausfinden, wo sich die Portalöffnung in der Jenseitswelt befindet. Nur dann kann sie ein Sensenmann schließen. Nicht auszudenken, was passieren würde, wenn noch mehr Tote in die Welt der Lebenden gelangen.«

Otto bekam eine Gänsehaut. Eine Welt voller Zombies war keine schöne Vorstellung, auch wenn sie in diesem Fall keine Gehirne fraßen. Aber der Gedanke an Straßen voll mit schwarz-weißen Menschen, die in der modernen

Welt orientierungslos herumirrten, war ebenso skurril und nicht minder gruselig.

»Wenn wir den Ort des Portals ausfindig gemacht haben, könntest du dann nicht auch hindurchhuschen, Onkel Archibald?«, wollte Otto wissen. »Vielleicht sollten wir gar nicht dafür sorgen, dass es geschlossen wird. Dann könntest du wieder zurück zu Tante Sharon und mir.«

Onkel Archibald seufzte tief. An seinem Gesichtsausdruck konnte Otto sehen, dass ihm die Überlegung nicht neu war. »Dann bin ich immer noch schwarz-weiß. Aber vielleicht gibt es tatsächlich eine Lösung, wie ich für immer zu euch zurückkehren kann.« Er lächelte. »In Farbe.«

Otto hielt die Luft an. »Und die wäre?«

»Streng geheim. Außerdem braucht es noch etwas Zeit.« Er zwinkerte Otto zu, dann machte er kehrt und zog die Tür seiner Hütte auf. Zum Abschied winkte er noch einmal. »Am besten wir telefonieren bald wieder. Und behalt inzwischen deine beiden Zombies im Auge, ja?«

# Ein übler Verdacht

Seine« Zombies im Auge zu behalten, war leichter gesagt als getan. Am Montagmorgen, als sich Otto für die Schule fertig machte, hatte er ein ungutes Gefühl dabei, Sigmund Schwefelkopf alleine im Haus zu lassen. Was, wenn Sir Tony Tante Sharon petzte, dass sich ein ungebetener Gast im Haus aufhielt? Oder, noch schlimmer: Was, wenn Schwefelkopf aus der Kammer kletterte, um … sich in der modernen Welt umzusehen?

Zum Glück war Otto am Abend davor auf die Idee gekommen, Fernando, den Nachbargeist, zu bitten, während seiner Abwesenheit in Tante Sharons Villa nach dem Rechten zu sehen. Nachdem Otto Madame Olgas Haus, wo Fernando wohnte, erst kürzlich von einem fiesen Poltergeist befreit hatte, hatte Otto bei dem Torero ohnehin noch etwas gut.

»*Ai, ai, ai.* Eine Eindringling? In deine Villa?«, staunte Fernando. Für diese Neuigkeit schaltete er sogar die spanische Telenovela, die er gerade schaute, auf stumm. »Wie ungerecht. Als ich zu euch ziehen wollte, hat die dicke, unfreundliche Hausgeist … wie war noch mal seine Name?«

»Sir Tony«, sagte Otto.

»… hat Sir Tony mich rausgeekelt. Dabei hätte ich nur zu gerne in diese geheime Kammer gewohnt.« Fernando senkte betrübt den Blick. Aber dann deutete er mit dem Kinn auf den Fernseher. »Aber hier ist es auch nicht schlecht. Madame Olga hat eine Fernsehapparat mit HD gekauft. Jetzt ich sehe alles gestochen scharf.«

»Oh, wie schön«, freute sich Otto. Der Fernseher war tatsächlich allererste Sahne. »Aber glaub mir, Fernando, Sir Tony hat sich wieder ohne Punkt und Komma beschwert, als Sigmund bei uns eingezogen ist«, versicherte er dem Torero. »Gerade deshalb musst du sicherstellen, dass zu Hause alles glattläuft. Ich habe bis spätnachmittags Unterricht, bestimmt wird Sigmund Schwefelkopf bis dahin langweilig.« Der Gedanke gefiel Otto gar nicht. »Jede Wette, dass er aus der Kammer flüchtet.«

»Keine Sorge, *mi amigo*«, versicherte ihm Fernando und zwirbelte zufrieden seinen Schnauzbart. »Ich habe schon eine Idee, die ist echt *grandioso*. Ich schwebe zu euch rüber und setze mich auf die Klappe, die in Archibaldos geheime Kammer führt. Dann kann er nicht entkommen. *Claro?*«

Otto hatte genickt und sich dankbar von Fernando verabschiedet, auch wenn er nicht ganz sicher war, ob ein federleichter Geist einen Jenseitsbewohner vom Ausbruch abhalten konnte. Zumindest war es ein Vorteil, dass Jenseitsbewohner wie Sigmund Schwefelkopf sehr viele menschliche Eigenschaften besaßen und somit nicht durch Wände schweben konnten.

Auch wenn er sich noch stundenlang über Sigmund Schwefelkopf den Kopf hätte zerbrechen können, Otto musste sich nun auf die Schule konzentrieren. Und dort stand Kunst auf dem Stundenplan. Vielleicht konnte er heute endlich herausfinden, was Mr Malone vorhatte. War es tatsächlich er, der das illegale Jenseitsportal geöffnet hatte? Warum hatte er das getan? Und war das Portal noch immer geöffnet oder war es dem SBI bereits gelungen, es zu schließen?

Otto war so tief in Gedanken versunken, dass er fast nicht registrierte, dass plötzlich Emily vor ihm stand. Sie war gerade dabei, in der Schulgarderobe ihre Jacke aufzuhängen.

»Oh, hallo, Otto.« Emily kam einen Schritt näher, doch vorher vergewisserte sie sich, dass niemand zuhörte. »Wir müssen unbedingt miteinander reden. Ich muss dir etwas ganz Wichtiges gestehen.«

»Ach, tatsächlich?«, murmelte Otto eingeschnappt, drehte sich von ihr weg und nahm seinen Schulranzen ab. Dabei hörte er, wie Vincent im Seitenfach etwas vor sich hin brabbelte, das klang wie »Mädels haben doch alle einen an der Waffel«.

»Ja.« Reuevoll senkte Emily den Kopf. »Hör zu, Otto, meine Eltern und ich waren am Samstag gar nicht bei Tante Martha in Schottland. Das war bloß … eine Ausrede. In Wirklichkeit hat mich Albert zu sich nach Hause eingeladen. Aber ich habe mich nicht getraut, es dir zu sagen, weil ich nicht wusste, wie du es finden würdest.«

»Das weiß ich doch längst von deiner Mum«, brummte Otto zurück und hob den Kopf. Emily sah zerknirscht aus, doch so schnell wollte Otto ihr nicht verzeihen. »Warum lädt dich Albert denn überhaupt zu sich nach Hause ein?«

Was fand Emily denn nur an Albert? Er schien ziemlich langweilig zu sein. Bis jetzt wusste Otto nur, dass er kaum ein Wort sprach, am liebsten ein Sandwich mit Gurken aß und im Sportunterricht ohne seine Brille so schlecht sah, dass ihn niemand in seine Fußballmannschaft wählen wollte. Ein Besuch bei ihm war sicher nicht so spannend wie ein nächtlicher Einbruch in der Schule, zumindest nach Emilys Maßstab. Was war denn nur mit ihr los?

»Er möchte dieses Jahr wieder bei einem internationalen Jugendwissenschaftspreis teilnehmen. Und dazu hat er mir seine neueste Erfindung gezeigt«, erzählte Emily weiter. »Ein Roboterhund. Er kann sogar selbst die Treppen hinabgehen. Und er heißt Waffles.«

»Ein Roboterhund?« Otto hob eine Augenbraue.

»Oh ja. Ich sage dir, Otto, Albert ist der Coolste«, schwärmte Emily im Flüsterton weiter, sodass es die anderen Kinder in der Garderobe nicht mehr hören konnten. »Seine Eltern haben ihm sogar ein kleines Physiklabor gebaut. Denn Alberts Vater arbeitet für die Raumfahrt und ist gerade dabei, einen ähnlichen Roboter zu entwickeln, nur noch viel ausgefeilter. Und dieser Roboter soll dann tatsächlich zum Mars geschickt werden. Ich durfte sogar seine Skizzen sehen. Ist das nicht cool?« Emily sah sich um. »Psst. Da kommt Albert.«

Otto drehte sich um. Albert trug heute ein enges gepunktetes Hemd, dazu eine alte gelbe Hose mit Hosenträgern und wirkte damit ein wenig wie ein Clown. Die Klamotten waren ziemlich mutig, wenn man bedachte, dass Otto schon wegen weitaus normalerer Kleidung von Stan aufgezogen wurde.

»Guten Morgen, Emily!« Albert winkte ihr zu. »Und hallo, ähm …«

»Otto«, ergänzte Otto. Pff. Wenigstens seinen Namen hätte er sich merken können. Verdutzt sah Otto zu Emily und merkte, dass sie tatsächlich rot geworden war. Was war nur los mit ihr?

»Aber hallo, Emily sieht aus wie ein Eskimo, der mittags in der Sonne eingepennt ist. Warum ist die denn so knallrot?«, kommentierte Vincent, der seinen Kopf aus der Schultasche gereckt hatte. »Das ist doch wohl nicht wegen diesem schrägen Vogel da drüben? Ist sie etwa verknallt in den?«

»Schscht«, machte Otto und gab Vincent einen kleinen Klaps. »Bist du irre? Albert hört uns noch.«

Aber zum Glück schien Albert nichts gehört zu haben. Nicht mal Emily hatte Vincent bemerkt. Wie in Trance winkte sie immer noch Albert zu, der sich soeben ins Klassenzimmer aufmachte.

Konnte es sein, dass Vincent recht hatte? Bisher kannte Otto derartige Verliebtheitsanfälle nur von seiner Hausfledermaus und in etwas abgeschwächter Form von Harold – Letzterer gab es natürlich immer noch nicht zu, dass ihm Sensenfrau Gundula gefiel. Otto selbst war noch nie in jemanden verknallt gewesen.

Während sie im Klassenzimmer auf Mr Malone und den Beginn des Kunstunterrichts warteten, schien Emily beinahe wieder die Alte zu sein.

»Jetzt sag schon, Otto«, drängte sie. »Was ist am Samstagabend passiert? Habt ihr es geschafft, Sigmund Schwefelkopf aus der Schule zu befreien?«

»Es hat alles geklappt. Sigmund befindet sich in Onkel Archibalds geheimer Kammer. Das heißt, hoffentlich«, erzählte er. Auch wenn er sich vorgenommen hatte, Emily wegen ihrer Lüge nicht gleich zu verzeihen, er konnte seiner Freundin nie lange böse sein. Offensichtlich tat es ihr wirklich leid. »Onkel Archibald und ich würden zu gerne wissen, wo sich im Jenseits das Portal aufgetan hat, durch das Sigmund Schwefelkopf gereist ist. Auf diese Weise könnten wir Onkel Archibald ein für alle Mal aus dem Jenseits befreien.«

Emily kaute an ihrer Lippe. »Aber dann wäre er doch immer noch farblos, nicht wahr?«

Otto hob die Schultern. »Vermutlich ja. Allerdings habe ich am Sonntag mit ihm durch die Jenseits-Schneekugel telefoniert, da hat er mir versichert, dass er drauf und dran ist, eine Lösung für das Farbproblem zu finden.«

»Was? Du hast die Jenseits-Schneekugel ohne mich verwendet?« Emily ließ die Schultern hängen.

»Entschuldigung.« Nun war es Otto, der sich schämte, auch wenn er nicht genau wusste, warum. »Ich dachte, du wolltest nicht mehr mit mir befreundet sein. Weil du mich angeflunkert hast. Wegen Albert.«

Emily lachte. »Was für ein Quatsch«, entgegnete sie.

»Albert hat zwar einen Hausroboter, aber du hast noch etwas viel Cooleres. Drei Hausgeister. Und einen Sensenmann als Freund.«

»Und eine Hausfledermaus namens Vincent«, kam es prompt aus Ottos Schultasche, so laut, dass Otto geistesgegenwärtig einen Hustenanfall vortäuschen musste, damit niemand im Klassenzimmer Verdacht schöpfte. »Ich verstehe nicht, warum ich nicht zuerst genannt werde«, sagte Vincent dann etwas leiser.

Emily lachte. »Und natürlich eine tolle, kluge, wunderschöne Hausfledermaus«, ergänzte sie.

Vincent schien zufrieden. »Schon besser.«

»Also bist du nicht … in Albert verknallt?«, erkundigte sich Otto.

»Verknallt?« Emily wurde erneut rot wie eine Tomate. »Wie kommst du denn darauf? Nein, natürlich bin ich nicht in Albert verknallt. Ich bin Wissenschaftlerin, und Wissenschaftler verknallen sich aus Prinzip nicht.« Sie nickte, als bestünde daran nicht der geringste Zweifel. »Und außerdem verspreche ich hoch und heilig, bei keinem weiteren Abenteuer mehr zu fehlen. Ob es nun darum geht, einen nach Schwefel stinkenden Poltergeist zu fangen, Onkel Archibald aus dem Jenseits zu befreien oder Mr Malone zu überwachen. Apropos Mr Malone … wo steckt der eigentlich?« Sie sah auf die Uhr. »Die Stunde hat schon längst angefangen.«

Emily hatte recht. Mr Malone war schon zehn Minuten zu spät. Die ganze Sache wurde immer rätselhafter. War er etwa wieder ins Jenseits zurückgekehrt? Oder hatte er bloß verschlafen?

»Ich könnte mal nach ihm sehen«, bot Vincent an. »Ich flattere einfach mal zum Müllcontainer. Ich habe ohnehin mächtig Kohldampf, da könnte ich gleich wieder einige Maden mitnehmen. Wollt ihr auch welche?«

»Nein danke, ich habe schon gefrühstückt«, wehrte Emily ab. Sie hob Vincent vorsichtig aus dem Schulranzen und ließ ihn auf ihrem Schoß Platz nehmen. Dort war er abgeschirmt von den Blicken der anderen. »Was hältst du davon, wenn du dich unter meinen Haaren versteckst, während ich zum Fenster laufe und so tue, als würde ich es öffnen? Und dann flatterst du unbemerkt los und machst dich auf die Suche nach Mr Malone? Ja?«

»Klasse Idee.« Vincent nickte Otto zu, während er unbemerkt an Emilys Spitzenbluse bis hoch zu ihren Schultern kletterte. »Ich sage doch immer, Mädchen sind die allercleversten Geschöpfe auf diesem Planeten. Kann's losgehen, Emily?«

Otto kicherte, während Emily ihre langen Zottelhaare über den Winzling legte, von ihrem Stuhl aufstand und sich in Richtung Fenster aufmachte. Vincent war schon ein schräger Vogel. In der Garderobe hatte er noch frech

behauptet, Mädchen hätten einen an der Waffel – und jetzt liebte er Emily wieder abgöttisch. Dem war auch nicht mehr zu helfen.

* * *

Als Vincent endlich zurückkam, waren Otto und Emily bereits in der Schulcafeteria beim Mittagessen. Wenn sie nicht so nah am Fenster gesessen hätten, hätten sie Vincents zartes Klopfen an der Scheibe gar nicht bemerkt. Er gestikulierte wild und gab ihnen zu verstehen, dass sie nach draußen kommen sollten.

»Vincent! Na endlich!« Vor Aufregung ließ Emily beinahe ihren Pudding auf den Boden plumpsen. Sie warf Otto einen erleichterten Blick zu. »Ich dachte schon, er hätte sich an den Maden überfressen, wäre im Altpapiercontainer eingeschlafen und hätte vergessen, weshalb wir ihn losgeschickt haben.«

»Das würde ihm durchaus ähnlich sehen«, kommentierte Otto, nahm sein Tablett und stellte es auf den Wagen. Dann machten sie sich auf in den Pausenhof. Vincent wartete bei den Mülltonnen, er hockte direkt auf der Klappe des größten Containers.

Bei näherem Hinsehen sah die Fledermaus zerzaust aus, als wäre sie in einen Sturm geraten. Außerdem schwitzte sie am ganzen Körper und zitterte aufgeregt.

»Vincent! Was ist denn mit dir passiert?« Voller Mitleid hob Otto Vincent auf und setzte ihn sich auf die Schulter.

Vincent schnaufte. »Lange Geschichte. Ich war zuerst genau hier, bei den Müllcontainern, aber da habe ich keine Spur von eurem komischen Lehrer gefunden. Also bin ich um die Schule geflattert und habe erst mal ein paar Spinnen vertilgt. Ich wollte schon zu euch zurückkehren, aber dann hab ich Mr Malone durch Zufall auf dem Parkplatz entdeckt. Sein hässlicher Hut war nicht zu übersehen. Er stieg gerade in ein Auto und schien es ziemlich eilig zu haben. Er hätte beinahe eine alte Dame mit Dackel angefahren, als er losgedüst ist.«

Otto stutzte. Mr Walker, der im Anschluss an die ausgefallene Kunststunde Biologie unterrichtet hatte, hatte Ottos Klasse informiert, dass Mr Malone sich kurzfristig krankgemeldet hatte.

»Und dann?«, erkundigte sich Otto.

»Ich bin ihm gefolgt. Er fuhr ein altes rotes Auto, das aussah, als hätte er es direkt vom Schrottplatz geholt. Vermutlich verdienen Lehrer nicht viel mehr als Sensenmänner. Deshalb hab ich es auch problemlos geschafft, der alten Klapperkiste zu folgen.«

»Wo wollte er hin?«, fragte Emily.

»Dreimal dürft ihr raten. Natürlich in den Radieschenweg«, erklärte Vincent und verschränkte die Flügel. »Er hat die Schrottkarre direkt vor Tante Sharons Haus geparkt. Und dann blieb er über Stunden im Auto sitzen und hat zugesehen, wie Tante Sharon gegen neun die Post geholt hat und gegen zehn Madame Olga Kuchen vorbeigebracht hat. Gegen elf ist es ihm zu bunt geworden und er ist wieder gefahren.«

Emily hielt die Luft an. »Otto, Mr Malone hat heimlich euer Haus observiert. Denkst du das Gleiche, was ich denke?«

Otto nickte. »Er wollte vor dem Haus auf Onkel Archibald warten. Malone hat mir schon neulich nicht geglaubt, als ich gesagt habe, dass mein Onkel tot ist. Und nun wollte er sich vom Gegenteil überzeugen.«

Vincent lachte. »Aber da kann er warten, bis er grau … ähm … schwarz wird. Um den zu finden, muss er erst zurück ins Jenseits, an ein paar gelangweilten Jenseits-Schafen vorbei und dann eine halbe Ewigkeit durch den Wald latschen, um die einsame Hütte zu finden. Hätte er gewusst, dass sich sein angeblicher alter Kumpel ohnehin in seiner Welt aufhält, hätte er sich die Reise sparen können.«

»Und das darf Mr Malone auf keinen Fall erfahren, Vincent, hast du gehört?«, ermahnte ihn Otto streng. Ein böser Verdacht beschlich ihn plötzlich. »Onkel Archibald kennt Mr Malone überhaupt nicht. Er ist bestimmt kein alter Freund von ihm. Wer weiß, vielleicht will er ihm sogar Schaden zufügen. Malone darf Archibald unter keinen Umständen im Jenseits finden, solange wir nicht wissen, was er tatsächlich plant.«

»Am besten wäre es, wir schaffen Onkel Archibald schnell in unsere Welt zurück. Wir könnten ihn auch in der Kammer unter deinem Zimmer verstecken«, empfahl Emily. »Aber dafür müssen wir unbedingt herausfinden, wo sich das geheime Jenseitsportal befindet.«

Otto nickte. »Hoffentlich erinnert sich Sigmund bald an das Portal. Womöglich hat ja auch Harold Neuigkeiten, was das betrifft. Ich werde ihn heute Nacht einfach abpassen und ihn fragen.«

Emily fand die Idee spitze. »Das klingt toll. Wie wäre es, wenn ich auch bei euch übernachte? Ich habe Harold schon ewig nicht mehr gesehen. Das darf ich doch, oder? Wir sind doch immer noch Freunde, stimmt's?«

»Klar.« Otto lachte und knuffte Emily in die Seite. »Wenn es dir nichts ausmacht, dass unter meinem Zimmer neuerdings ein schräger, seit hundert Jahren toter Wissenschaftler wohnt.«

Otto wollte sich gerade auf den Weg zurück ins Gebäude machen, da war ihm, als hätte er bei der großen Mülltonne eine schnelle Bewegung wahrgenommen. Verdutzt hielt er inne und drehte sich um.

»Habt ihr das eben gesehen?«, erkundigte er sich. Ihn beschlich plötzlich ein ganz merkwürdiges Gefühl, das er nicht ganz einordnen konnte. Wurden sie beobachtet?

Emily schüttelte den Kopf. »Was meinst du?«

Otto runzelte die Stirn. »Hat sich die Klappe der Mülltonne nicht gerade bewegt?« Eine Vorahnung machte sich in ihm breit, während er die Tonne in der Ecke in Augenschein nahm. »Und ist das nicht genau die Tonne, in der sich laut Sigmund das Diesseits-Ende des Portals befindet?«

»Stimmt. Professor Schwefelkopf hat ja behauptet, dass er nach seiner Reise in der Tonne aufgewacht ist, nicht wahr?«, erinnerte Emily sich. Sie machte ein paar Schritte auf die Mülltonne zu und berührte den Griff.

Genau in diesem Moment sauste ein schwarzer Schatten auf sie zu und schubste Emily unsanft beiseite, sodass sie das Gleichgewicht verlor. »Pfoten weg!«, rief eine Stimme, die Otto ziemlich bekannt vorkam. »Den sammle ich ein, Freunde.«

»Harold! Was tust du denn hier«, rief Otto erstaunt. Den Sensenmann bei Sonnenschein im Schulhof zu sehen, war ziemlich ungewohnt.Wenigstens trug er heute kein Rapper-Outfit. Langsam hob er den Deckel der Tonne und spähte hinein.

»Harold?« Emily rieb sich die Augen. »Ach Mist, warum habe ich die Geisterbrille nicht dabei?«

»Schscht«, machte Harold und hielt sich den knochigen Zeigefinger vor den Mund. »Ihr müsst leise sein. Wie's aussieht, hat sich gerade wieder jemand durch das Portal verirrt. Aber von hier aus geht's für den ausgebüxten Jenseitsbewohner gleich wieder retour, darauf kann er sich gefasst machen.«

Otto half Emily auf, ließ Harold dabei jedoch nicht aus den Augen. Ein ausgebüxter Jenseitsbewohner? Sollte das heißen, dass sich jemand in der Tonne befand? Bevor Otto etwas erwidern konnte, flog die Klappe mit einem lauten Krachen auf und ein Kopf mit buschigem weißen Haar lugte heraus. Mit seiner schwarz-weißen Hand fegte der Mann sich eine gelbe Bananenschale vom Kopf, während er den Blick über den Schulhof schweifen ließ.

»Potz Blitz, es hat geklappt! Ich bin im Diesseits«, rief der Jenseitsbewohner glücklich und klatschte in die Hände. Behände hüpfte er aus der Tonne und stand nun vor Otto, Emily und Harold. Er besaß einen dünnen, schmächtigen Körper und trug ein Rüschenhemd und eine Samtjacke. Damit sah er aus wie eine Kopie von Mozart, dem berühmten Komponisten. »All diese Farben«, staunte er mit großen Augen. »Ich bin schon so lange tot, dass ich ganz vergessen habe, wie all diese Farben leuchten.«

»Papperlapapp. Von all den bunten, kitschigen Farben bekommt man doch nur Kopfschmerzen«, lachte Harold und blickte auf den kleinen Kerl herab. »Und uns vom SBI wird es auch langsam zu bunt! Neuerdings glaubt jeder, einfach aus dem Jenseits ausbrechen zu können. Aber ich hab da was für dich, nämlich einen Rückfahrtschein. Gratis für dich, sehr lukrativ für mich.« Er grinste und schwang sein Schmetterlingsnetz.

»Vergiss es, Sensenmann«, dröhnte der Jenseitsbewohner und rückte sich sein buschiges Haar zurecht. Offensichtlich handelte es sich um eine Perücke. »Ich gehe bestimmt nicht mehr zurück, jetzt, wo es tatsächlich geklappt hat!«

»Hey, Otto!«, flüsterte Emily plötzlich in Ottos Ohr. »Was hältst du davon, wenn wir diesen Typen fragen, wo sich das Portal in der Jenseitswelt befindet? Er muss es doch wissen.«

»Gute Idee«, flüsterte Otto zurück, doch in diesem Moment nahm der kleine, schmächtige Mann die Beine in die Hand und versuchte, an Harold vorbeizuhuschen. Doch der Sensenmann war schneller. Er packte den

schwarz-weißen Kerl am Kragen seiner Jacke und hob ihn hoch.

»Lass mich sofort los, Klappergerippe!«, kreischte der Jenseitsbewohner und strampelte heftig mit seinen dünnen Beinchen, die in Strumpfhosen steckten. Aber alles Zappeln war zwecklos.

»Das hättest du wohl gerne. Auf nach Hause, du Winzling. Die Gegenwart ist nicht so toll, wie du denkst. Elektrosmog und Abgase, Umweltverschmutzung und furchtbar miese Popmusik«, lachte Harold und zückte sein Smartphone. Er tippte auf eines der Symbole und im nächsten Moment löste er sich zusammen mit dem Jenseitsbewohner vor Ottos und Emilys Augen in Luft auf.

»Unfassbar«, krächzte Vincent, der auf einer Laterne hockte und alles beobachtet hatte.

»Du sagst es«, entgegnete Emily.

»Ich meinte, unfassbar, dass dieser Sensenmann endlich mal seinen Job tut«, ergänzte Vincent. »Und zu blöd, dass ihr beide den Irren mit der Perücke nicht nach dem Jenseitsportal fragen konntet.«

Otto und Emily nickten.

»Aber ich habe noch eine bessere Idee«, erklärte Otto, der gerade einen Geistesblitz gehabt hatte. »Was ist mit Madame Olga? Sie bietet doch auch Hypnosesitzungen an. Angeblich hat sie auf diese Weise schon etlichen Leu-

ten das Rauchen abtrainiert und ihnen geholfen, überflüssige Pfunde abzuspecken. Wenn ihre Behandlungen tatsächlich erfolgreich sind, könnte sie Sigmund Schwefelkopf vielleicht dabei helfen, sich zu erinnern.«

Emily überlegte. »Die Idee ist gar nicht schlecht. Aber das bedeutet, dass wir ihr alles erzählen müssten.«

»Nicht unbedingt. Denk mal nach, Emily. Mr Malone hat sich mit Farbe bemalt, um nicht aufzufallen. Wenn wir das Gleiche mit Sigmund machen, hält ihn Madame Olga für einen gewöhnlichen Menschen, der sein Gedächtnis verloren hat.«

»Das ist es! Du bist genial, Otto!« Emily fiel ihm um den Hals. »Dass wir da nicht früher draufgekommen sind!«

Verlegen kratzte sich Otto am Kopf. »Es muss ja auch mal einen Vorteil haben, dass neben uns eine verrückte Wahrsagerin wohnt. Nach der Sache mit dem Poltergeist schuldet sie uns immerhin noch einen Gefallen.«

# Clown mit Gedächtnislücken

Also irgendwie hatte ich es mir anders vorgestellt, wieder Farben am Körper zu tragen«, jammerte Sigmund Schwefelkopf und betrachtete sich unsicher im Spiegel. »Ich sehe nicht aus wie ein normaler Mensch, sondern wie ein abgrundtief hässlicher Clown! Ojemine!«

Zugegeben, auch Otto hatte sich das Ergebnis anders vorgestellt. Aber da Emily im Gegensatz zu den anderen Mädchen in ihrer Klasse keine Schminksachen besaß, hatte sie eine Box mit knallbonbonbunter Theaterschminke mitgebracht, die sie letztes Jahr für Halloween gekauft hatte.

Damit hatten sie Sigmund Schwefelkopf erst eine cremefarbene Gesichtsgrundierung aufgetragen und danach rote Farbe auf seine Wangen und seine Lippen gepinselt.

Seine grauen Haare hatte Emily dann noch sicherheitshalber mit einem gelben Glitzerfarbspray besprüht, auch wenn das theoretisch gar nicht notwendig gewesen wäre. Graue Haare gab es schließlich auch im Diesseits.

»Also ich finde dich als Clown echt todschick, Sigmund«, grinste Emily und lief in Onkel Archibalds Kammer auf und ab, um sich ihr Kunstwerk von allen Seiten anzusehen. »Dads rot-weiß gestreifte Hosen und das grüne Shirt stehen dir wirklich ausgezeichnet. Dad trägt gerne knallige Farben, wie du dir vielleicht denken kannst.«

Sigmund Schwefelkopf kräuselte die roten Lippen. Er schien immer noch unschlüssig. »Und ihr drei denkt tatsächlich, dass ich in diesem Clownskostüm unscheinbarer aussehe als in meinem gewohnten Schwarz-Weiß?« Er kratzte sich an der Stirn.

»Aber klar«, versicherte ihm Emily und klopfte ihm aufmunternd auf die Schulter. »Madame Olga wird dich lieben. Sie hat doch selbst einen sehr außergewöhnlichen

Kleidungsstil. Dazu hat sie wirre rote Haare, die ihr vom Kopf abstehen. Du kannst sie dir ein bisschen wie eine alte fiese Hexe vorstellen, aber seit sie nicht mehr von einem Poltergeist besessen ist und ihre Augen nicht mehr so gefährlich glühen, finden wir sie sogar richtig nett, stimmt's, Otto?«

»Moment mal. Eine alte fiese Hexe? Ein Po…Po… Poltergeist?«, stotterte Sigmund Schwefelkopf. Seine Lippen begannen zu zittern. »Und auch noch glühende Augen? Also, Kinder … Ich bin mir nicht sicher, ob ich eure Madame Olga kennenlernen möchte.«

»Doch. Möchtest du«, widersprach Otto, öffnete die Klappe der Kammer und kletterte voran in sein Zimmer. Sie durften keine Zeit verlieren, wenn sie heute noch weiterkommen wollten. »Ich bin mir sicher, Madame Olga wird uns helfen. Auch wenn sie bestimmt noch nie einen Jenseitsbewohner hypnotisiert hat. Aber bestimmt bekommt sie das hin.«

Als Madame Olga noch von einem üblen, nach Schießpulver stinkenden Poltergeist besessen gewesen war, hatte sie tatsächlich Kontakt zur Totenwelt aufnehmen können. Als der Poltergeist von den Meistern aller Geister eingefangen worden war, hatte er auch diese Gabe mitgenommen. Von Madame Olgas spirituellen Fähigkeiten war danach leider nicht mehr viel übrig geblieben – abgesehen von ihrem Wissen, wie man Menschen mithilfe

eines Pendels hypnotisieren konnte. Blieb zu hoffen, dass diese Methode auch bei Sigmund Schwefelkopf Erfolg zeigen würde.

»Und nicht vergessen, was dir Otto vorhin eingeschärft hat, Sigmund«, ermahnte Emily den Professor. »Du erzählst Madame Olga, dass du ein alter Freund von Ottos Familie bist, der kürzlich in die Stadt gekommen ist, um hier Urlaub zu machen.«

»Wer um alles in der Welt will denn hier Urlaub machen?«, mischte sich Vincent ein, der auf Onkel Archibalds Globus saß und bis eben neugierig bei der Schminkaktion zugesehen hatte. »Diese Stadt ist die Ausgeburt der Langeweile. Regenwetter, miesepetrige Leute und noch nicht mal finstere Höhlen, wo man andere Fledermäuse treffen könnte. Nicht gerade plausibel, Otto.«

»Ist doch egal. Madame Olga wird nicht so genau nachfragen«, winkte Otto ab. »Nun, weiter im Text. Sigmund, du machst hier Urlaub, aber weil dich bei deiner Ankunft etwas am Kopf getroffen hat, kannst du dich nicht mehr erinnern, wo du genau hergekommen bist.«

»Und? Was war es?«, krähte Vincent.

»Wie bitte?«, fragte Otto. »Was war was?«

»Na, was hat ihn denn am Kopf getroffen? Du musst schon etwas präziser sein, Otto. Eine gute Lüge lebt davon, dass man kein Detail dem Zufall überlässt«, erklärte Vincent mit erhobenem Flügel. »Außerdem könnte diese

Kleinigkeit für Madame Olgas Arbeit wichtig sein.«

»Na, meinetwegen«, seufzte Otto genervt. Manchmal hatte er das Gefühl, dass es Vincent so richtig Spaß bereitete, allen um sich herum gehörig auf den Geist zu gehen. »Also, Vincent, was hat Professor Schwefelkopf am Kopf getroffen?«

Vincent überlegte eine Weile. »Ein Miniaturasteroid aus dem All, der plötzlich in unsere Umlaufbahn geraten ist«, schlug er schließlich vor. »Oder wie wäre es mit einem Stück Metall, abgefallen von einer verunglückten fliegenden Untertasse, gesteuert von Außerirdischen.«

»Außerirdische? Sehr glaubwürdig«, lachte Otto. »Irgendwelche besseren Ideen?«

»Wie wäre es mit einem Golfball?«, meinte Emily.

»Okay, das nehmen wir«, beschloss Otto kurzerhand. Die Zeit drängte. »Nun, Professor Schwefelkopf wurde unglücklicherweise von einem Golfball am Kopf erwischt und danach hat er plötzlich vergessen, was der Ausgangspunkt seiner Reise war. An den möchte er sich wieder erinnern, um nach Hause zu finden. Alles klar?«

»Ausgangspunkt meiner Reise«, wiederholte Sigmund und nickte. Dann verzog er das Gesicht. »Eigentlich glaube ich ja nicht an so einen übersinnlichen Humbug. Das Einzige, worauf man sich verlassen kann, ist solide Wissenschaft.«

»Aber leider hat uns die Wissenschaft auch nicht geholfen, dich zu erinnern«, meinte Otto. »Also versuchen wir es mit Hypnose. Aber du darfst keinesfalls erwähnen, dass du tot bist, Sigmund. Madame Olga ist fasziniert von Geistern aller Art, vermutlich lässt sie dich dann nicht mehr gehen. So, und jetzt los. Wir müssen schleunigst aus dem Haus schleichen, bevor Tante Sharon mit den Einkäufen zurück ist.«

Zum Glück schafften es Otto und Emily, Sigmund Schwefelkopf ohne irgendwelche Vorkommnisse aus Tante Sharons Villa zu bringen. Von Tante Sharon selbst fehlte glücklicherweise immer noch jede Spur, Bert hockte wie üblich im Kühlschrank und Molly spielte in der Waschküche mit den Flusen aus dem Wäschetrockner. Nur Sir Tony ließ sich kurz blicken, um eine garstige Bemerkung zu Sigmunds Outfit loszuwerden. Der Wissenschaftler und Ottos ältester Hausgeist hatten sich leider immer noch nicht angefreundet.

Vor Madame Olgas Haus blieb die kleine Truppe, bestehend aus zwei Kindern, einem Jenseitsbewohner und einer Halb-Geisterfledermaus, stehen. Otto drückte die Klingel und es dauerte nicht lange, bis Madame Olga den Kopf aus der Tür steckte.

»Oh, Otto. Emily!«, säuselte sie. Sigmund, der sich schüchtern hinter den beiden versteckt hatte, bemerkte sie nicht. Auch heute trug Madame Olga wieder ein ziemlich schräges Outfit – eine hässliche orangefarbene Häkelweste, die bis zum Boden reichte, dazu ein Blumenkleid und wie immer grelle Schminke im Gesicht.

»Jetzt ist mir klar, warum sie kaum Aufträge hat«, motzte Vincent aus Ottos Jackentasche. »Die Schreckschraube sieht ja immer noch aus, als hätte sie sich im Dunkeln angezogen, auch ohne den Einfluss des Poltergeists.«

»Schscht. Wirst du wohl nett sein? Auch wenn sie schräg aussieht, Madame Olga ist nett, verstanden?«, ermahnte Otto seine Fledermaus.

»Was führt euch denn zu mir?«, begrüßte Madame Olga die Kinder. Vincent hatte sie zum Glück nicht gehört. »Möchtet ihr ein Stück Kirschkuchen? Ich habe erst vorhin einen gebacken –«

»Heute nicht, Madame Olga«, unterbrach Otto seine Nachbarin. »Wir haben einen dringenden Auftrag für Sie. Wir haben heute nämlich einen Freund mit dabei, der sich gerne von Ihnen hypnotisieren lassen möchte.«

»Einen Freund? Wie erfreulich«, lachte Madame Olga. »Kommt doch alle herein. Ihr könnt im Wohnzimmer Platz nehmen.«

»Das hier ist er übrigens.« Otto nahm Sigmund Schwefelkopf an der Hand und zog ihn ins Haus. »Unser Freund Sigmund leidet seit einiger Zeit an Gedächtnisverlust und –«

Madame Olgas schriller Schrei unterbrach Otto mitten im Satz. Mit einem Schlag wurde sie käsebleich, machte plötzlich kehrt und versteckte sich hinter dem Kleiderständer. Allerdings war sie so dick, dass man sie dahinter immer noch gut erkennen konnte. Sie schlotterte am ganzen Leib.

Otto und Emily wechselten verwirrte Blicke.

»Alles in Ordnung, Madame Olga?«, erkundigte sich Otto, machte einige Schritte auf den Kleiderständer zu und nahm eine Jacke ab, um Madame Olga besser inspizieren zu können. »Geht es Ihnen nicht gut?«

»Euer Freund!«, winselte sie und spähte ängstlich zur Tür, wo Sigmund Schwefelkopf immer noch unschlüssig herumstand. Ihre Stimme klang erstickt, so als kämpfte sie vor Verzweiflung mit den Tränen. »Er … er –«

»Er sieht etwas merkwürdig aus, schon klar«, unternahm auch Emily einen Versuch, Madame Olga zu beruhigen. »Er hat nun mal einen sehr ausgefallenen Kleidergeschmack. Aber trotzdem müssen Sie ihm helfen, sich daran zu erinnern. Es ist wirklich dringend, Madame Olga.«

»Auf gar keinen Fall!«, sagte sie und ihre Augen nahmen einen panischen Ausdruck an. »Schafft ihn weg! Warum geht er denn nicht weg?« Verzweifelt sah sie sich um. »Fernando! Fernando, hörst du mich? Komm sofort und sieh zu, dass du dieses … gruselige Wesen aus dem Haus bekommst. Jag diesen Eindringling weg, sofort.«

In diesem Augenblick erschien Madame Olgas spanischer Hausgeist am Treppengeländer. Der Winzling trug wieder seinen breiten Hut und sein Torerokostüm. »*Ai, ai, ai*, Madame Olga, muss das sein? In meine spanische Telenovela ist gerade etwas Spannendes passiert und ich kann unmoglich jetzt –« In diesem Moment fiel sein Blick auf Sigmund Schwefelkopf. »Ach du heilige Bohnensauce, seid ihr verruckt? Ist das hier etwa eine … eine Clown?«

Plötzlich ging auch Otto ein Licht auf. Ein Clown! Wegen der bonbonbunten Kleidung und der Schminke hielt Madame Olga Sigmund Schwefelkopf für einen Clown! Und wie sie den Kindern einmal erzählt hatte, litt Madame Olga schon seit Jahren an einer unheilbaren Clownphobie. In ihrer Zeit bei der Zirkuskompanie hatte sie eine panische Angst vor diesen schrägen Spaßvögeln entwickelt und deshalb ihren Job aufgeben müssen.

»Aber das hier ist doch kein echter Clown«, versuchte Otto, sie zu beschwichtigen. Er nahm Sigmund an den Schultern und führte ihn Schritt für Schritt an Madame Olga heran. »Sondern bloß ein verkleideter Mann. Er kann noch nicht mal echte Tricks. Er ist bloß … ein schräger Wissenschaftler, stimmt's, Sigmund?«

»In der Tat, Madame Olga«, bestätigte Sigmund. Der

Professor schien allmählich wieder zu seinem Selbstbewusstsein zurückzufinden. »Mein Name ist Sigmund Schwefelkopf und ich bin ein angesehener, ehrenwerter Wissenschaftler. Sogar eine Schule wurde nach mir benannt. Finden Sie es nicht etwas unverschämt, mich als einfachen Clown zu bezeichnen, bloß weil meine Optik nicht ganz der Norm entspricht?« Er musterte die Wahrsagerin. »Sie sind ja schließlich auch keine Heidi Klum mit dieser dicken Warze an der Nase, Madame.«

»Er macht Witze! Natürlich ist er ein Clown! Ein abgrundtief schlechter Spaßvogel, aber immer noch ein Clown!« Madame Olgas Stimme wurde immer schriller und ihre Wangen glühten vor Aufregung. »Außerdem können Sie unmöglich der echte Sigmund Schwefelkopf sein. Der ist längst tot.«

Oh, Mist. Da hatte sie allerdings recht. Otto war nicht davon ausgegangen, dass der Name Madame Olga ein Begriff sein würde. Er hatte die Wahrsagerin wohl unterschätzt.

»Das ist ja auch sein … Enkelsohn«, log er geistesgegenwärtig. »Sigmund Schwefelkopf … der Dritte.«

»Mit euren dummen Ausreden könnt ihr jemand anderen zum Narren halten«, rief Madame Olga aufgebracht und machte auf dem Absatz kehrt. »Otto, ich bin enttäuscht von dir. Dass du mir einen elenden Clown ins Haus bringst und dann noch erwartest, dass ich ihn hypnotisiere. Also wirklich, ich hätte dich für vernünftiger gehalten.« Madame Olga blickte angestrengt an die Decke, als vermutete sie dort oben ihren Hausgeist. »Und nun, Fernando, zeig den drei unerwünschten Besuchern, wo die Tür ist.«

In diesem Moment flog wie durch Zauberhand die Eingangstür auf und krachte an die Wand. Eine frische Brise wehte durch Madame Olgas Vorzimmer. »Aber Madame Olga –«

»Raus jetzt!«

»*Perdón*, Freunde«, murmelte Fernando, der die Tür geöffnet hatte, und hob die Schultern. »Aber Olga ist *la patrona* – die Chefin hier. Immerhin bezahlt sie die Rechnung von die Fernseher.«

»Schon gut«, antwortete Otto kleinlaut. Er ließ die Schultern hängen und schob Sigmund in Richtung Tür. »Gehen wir, Leute. Wir müssen uns wohl einen besseren Plan ausdenken. Schönen Tag noch, Madame Olga.«

Doch Madame Olga antwortete nicht. Stattdessen krachte die Tür hinter den Freunden mit einem lauten Poltern ins Schloss.

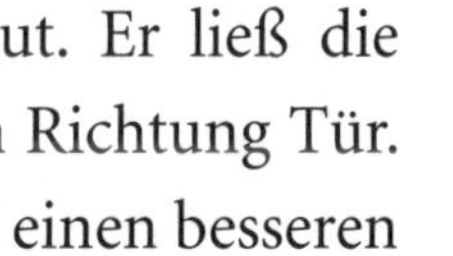

# Ein Spion namens Malone

Diese verdammte Clownphobie!

Wie blöd von Otto, dass er das einfach vergessen hatte. Denn nun hatten Emily und er ganze fünfzig Pfund für Schminke im Supermarkt ausgeben müssen, um Sigmund Schwefelkopf wie einen normalen Menschen aussehen zu lassen. Doch das Geld war gut investiert gewesen – inzwischen hatten sie dem Professor dezente Klamotten angezogen und seine Hände und Füße mit pfirsichfarbenem Make-up eingecremt. Zumindest vom Hals abwärts sah er nun aus wie jeder andere lebende Mensch.

»Jetzt kann die alte Schabracke von gegenüber nicht mehr an Sigmunds Aussehen rummeckern. Von einem Clown ist nicht mehr viel übrig«, fand auch Vincent. Es war zwar schon weit nach zehn Uhr abends, aber Ottos

Fledermaus war immer noch wach und beobachtete den Professor bei seiner Verwandlung. »Morgen früh wird sie unseren Professor Schweinekopf … äh, Schwefelkopf nicht wiedererkennen. Und dann *muss* sie ihn einfach hypnotisieren.«

»Jetzt noch etwas natürliche Farbe auf die Lippen und – voilá! Besser als zu Lebzeiten, nicht wahr, Siggi?« Emily lachte und tupfte etwas farbigen Lippenstift auf den Mund des Professors. »Ich könnte Visagistin werden, wenn es mit der Wissenschaft nicht klappt, findet ihr nicht?«

»Muss der Lippenstift wirklich sein?«, meckerte Professor Schwefelkopf und presste unsicher die Lippen aufeinander. »Ich fand schon die Clownfarbe schrecklich, aber dieses Pfirsichorange hier? Ich bin doch kein Mädchen.«

»Ach, das fällt doch niemandem auf«, versicherte ihm Otto. »Es sieht wirklich sehr natürlich aus.«

»Und außerdem muss es sein«, fügte Emily energisch hinzu. »Ich habe nicht umsonst mein ganzes Taschengeld für diesen Monat geopfert.«

»Also ich finde, Emily hat einen tollen Job gemacht«, lobte Otto seine beste Freundin und strahlte sie zufrieden an. Ein Glück, dass Emily und er diesen dämlichen Streit wegen Albert hinter sich gelassen hatten.

Exakt in diesem Moment ertönte draußen ein stotterndes Brummen, und das Quietschen von Reifen verriet, dass ein Wagen unmittelbar vor dem Haus zum Stehen gekommen war.

»Oh, Harold ist wieder da!«, rief Otto, rannte ans Fenster und blickte hinunter auf den nächtlichen Radieschenweg. Doch anstelle von Harolds dreirädrigem Transporter parkte ein anderes Fahrzeug unter der Straßenlaterne vor Tante Sharons Gartenzaun. Es war ein klappriger roter Kleinwagen.

»Das ist nicht Harold«, keuchte Vincent, der aufs Fensterbrett geflattert war. »Ich kenne dieses Auto nur zu gut, immerhin bin ich ihm neulich quer durch die ganze Stadt nachgejagt. Das hier ist euer hauseigener Spion, Mr Malone. Schau nur hinters Steuer. Da hockt er wieder, dieser elende, bemalte Jenseitshalunke, und starrt euer Haus nieder.«

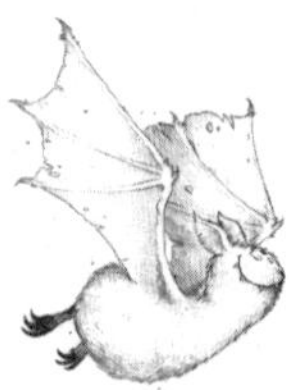

»Tatsächlich.« Emily hatte sich Ottos Fernglas geschnappt und richtete das Objektiv auf das Auto. »Otto, das ist wirklich Mr Malone. Und er beobachtet euer Haus, genau wie Vincent gesagt hat. Was sucht er nur hier?«

»Macht das Licht aus. Schnell. Dann kann er uns nicht am Fenster stehen sehen«, rief Otto. In der Schule fand er Mr Malone eher seltsam als Angst einflößend, aber ihn nachts vor seinem Haus zu sehen, bereitete ihm Unbehagen. »Denkt ihr, er wartet wirklich auf Onkel Archibald? Ich möchte wissen, warum Mr Malone so überzeugt davon ist, dass Onkel Archibald noch lebt. Er scheint irgendwas zu wissen, aber woher? Und vor allem: Was will er von ihm?«

Emily hatte keine Antwort darauf. Es waren erst wenige Minuten vergangen, da raste plötzlich noch ein Auto durch den Radieschenweg und legte eine Vollbremsung hin. Diesmal war es tatsächlich Harold. Er parkte seinen mit Gurkengläsern beladenen Transporter nur wenige Meter hinter Mr Malones Wagen.

Dann geschah etwas sehr Seltsames. Harold entdeckte Malone am Steuer seines Wagens, schloss beinahe lautlos die Wagentür, zückte sein Netz und schlich langsam auf ihn zu, als plane er, Malone zu überraschen und einzufangen.

»Ach du liebes bisschen, Otto, sieh nur! Ich glaube, der Sensenmann will Malone zurück ins Jenseits befördern«, lachte Vincent und deutete aufgeregt nach unten. Dabei vollführte er ein kleines Freudentänzchen. »Endlich macht dieser Dämlack mal seinen Job.«

»Schscht«, machte Otto. Er wagte nicht zu sprechen. Beinahe hatte Harold das rote Auto erreicht, als Malone einen Blick in seinen Rückspiegel warf. Er erschrak, zündete den Motor, legte den ersten Gang ein und brauste mit quietschenden Reifen davon.

»Verdammter Mist!«, fluchte Harold so laut, dass Otto

es trotz des geschlossenen Fensters bis in sein Zimmer hören konnte. Vor Wut schleuderte der Sensenmann sein Schmetterlingsnetz auf den Bürgersteig und hüpfte darauf herum. »Mist, Mist, Mist! Diese elenden Zombies. Ich hasse diese Zombies. Wie soll ich die Belohnung kassieren, wenn mir dieses räudige Pack ständig entwischt? Dieser Typ neulich im Müllcontainer ist mir nämlich im Jenseits auch wieder entkommen. Der hatte vielleicht ein Tempo drauf, dagegen hatten ich und meine müden Knochen keine Chance.«

»Was ist passiert?«, erkundigte sich Emily. Ohne Geisterbrille bekam die Arme leider immer nur die Hälfte mit.

»Harold hätte beinahe Mr Malone eingefangen, aber leider hat es nicht geklappt. So was Blödes aber auch«, sagte Otto und lehnte sich verärgert gegen das Fenster. »Hätte Harold ihn erst mal festgenommen, dann hätten wir sicher aus ihm herausquetschen können, warum er überhaupt ins Diesseits gereist ist. Ich denke, wir können inzwischen fest davon ausgehen, dass Mr Malone ganz bestimmt nicht zufällig ins Jenseitsportal gestolpert ist.«

»Also, dieses Rätsel kann ich lösen,« ertönte plötzlich Harolds Stimme hinter ihnen. Beinahe lautlos war er im Zimmer erschienen. »Um das herauszufinden, musste ich nichts weiter tun, als mal einen Tag lang nicht den

*Todesboten* zu lesen, sondern eure Stadtzeitung. Normalerweise schreibt dieses Blatt nur von entlaufenen Hunden, runden Geburtstagen und Kreisverkehreröffnungen. Es sind noch nicht mal gute Kreuzworträtsel darin. Umso mehr hat es mich überrascht, dass in dieser Ausgabe tatsächlich etwas Nützliches stand. Seht nur, über wen heute berichtet wurde.«

Otto fuhr herum, während Harold seine Sense zückte und einen Kreis um seinen Kopf zeichnete. Für Otto selbst hatte dieser Trick zwar keine Wirkung, aber er wusste inzwischen, dass Harold sich auf diese Weise auch für gewöhnliche Menschen wie Emily sichtbar machen konnte.

»Harold«, rief Emily prompt und strahlte den Sensenmann an.

»Oh, Fräulein Emily, schön, dich auch mal wieder zu sehen. Ich dachte schon, du und Otto hättet euch zerstritten«, lachte Harold. Harold besaß zwar keine Augenlider, aber es sah fast so aus, als zwinkerte er Emily zu. »Wegen irgendeines Blödmannes namens Albert.«

Otto erschrak. Woher wusste Harold denn von Albert? Otto hatte ihm jedenfalls nicht erzählt, dass er erst kürzlich einen handfesten Streit mit seiner besten Freundin gehabt hatte. Womöglich hatte Vincent geplappert.

»Albert ist kein Blödmann«, murmelte Emily etwas eingeschnappt, wich Harolds Blick aus und zwirbelte verlegen eine Haarsträhne. »Aber keine Sorge, Otto ist und bleibt mein bester Freund.«

»Na, dann ist ja gut.« Entspannt ließ der Sensenmann sich auf Ottos Schreibtischstuhl fallen und zog eine Tageszeitung aus seiner Umhängetasche. Es war tatsächlich der *Stadtkurier*, die örtliche Tageszeitung, die Tante Sharon manchmal beim Frühstück las. »Wollt ihr nun wissen, was es mit Mr Malone auf sich hat, oder nicht?«

»Na sicher.« Neugierig schnappte Otto dem Sensenmann die Zeitung aus der Hand und blätterte sie durch. »Und wo soll hier drin was darüber stehen?«

»Seite fünf«, erklärte Harold, lehnte sich zurück und verschränkte die Arme hinter seinem Kopf. »Gleich nach dem Bericht über den neuen Billardtisch im Seniorenheim. Lies es laut vor, damit alle es hören können. Du kannst mir später dafür danken.«

Otto nickte und blätterte vor bis zu dem Artikel.

Ihm fielen beinahe die Augen aus dem Kopf, als er die Seite aufschlug. Harold hatte recht gehabt. Der Artikel handelte tatsächlich von Mr Malone. Neben der Überschrift war sogar ein Foto von ihm zu sehen. Es war zwar bloß schwarz-weiß, aber es handelte sich eindeutig um dieselbe Person. Malone trug auf dem Foto sogar die gleichen altmodischen Klamotten wie er es in der Schule tat.

# Polizei löst über hundert Jahre altes Rätsel um Juwelendieb

Seit über hundert Jahren beschäftigt die örtliche Polizei der ungelöste Fall eines Juwelenraubs, begangen von Mr Melvin Malone, einem Kleinganoven aus der Barnaby Street. Ein Rückblick: Malone hatte im Jahre 1904 Juwelen im Wert von mehreren Millionen Pfund aus dem Geschäft eines Juweliers gestohlen und danach seine Beute versteckt. Doch wie es der Zufall wollte, bekam Melvin Malone nie die Gelegenheit, seine Beute auszugeben.

Denn nur einen Tag nach dem erfolgreich verübten Juwelenraub fiel dem Dieb beim Spaziergang ein riesengroßes Pianoforte auf den Kopf, welches eine Gruppe Arbeiter durchs Fenster in eine Wohnung heben wollte. Malone starb noch am Unfallort. Da die Polizei den tödlich verunglückten Verbrecher weder festnehmen noch verhören konnte, blieb der Aufenthaltsort der wertvollen Juwelen ungeklärt.

Bis heute. Während der Umbauarbeiten seines Eissalons fand Mr Luca Rigatoni, Eisverkäufer und jetziger Besitzer von Malones altem Haus in der Barnaby Street, gestern eine eingemauerte Schatztruhe in seinem Keller. Darin befanden sich Malones erbeutete Juwelen.

»*Magnifico!* Endlich kann ich mir eine Frozen-Joghurt-Maschine leisten. Eine gute, die sogar Früchte zerkleinert. Ich bin reich!«, erklärte Mr Rigatoni. Doch leider hatte er sich zu früh gefreut. Der Fund wird nun dem örtlichen Museum übergeben.

»Jetzt verstehe ich endlich, was Malone hier sucht«, erklärte Emily. »Er wollte zurück ins Diesseits, um sich seine Beute zu krallen. Was er zu Lebzeiten leider nicht mehr geschafft hat.«

»Zu tragisch«, kommentierte Vincent, der vom Lampenschirm baumelte und aufmerksam zugehört hatte. »Ein Piano, genau auf die Rübe. Armer Malone, da wäre ich vermutlich auch von den Toten auferstanden.«

Otto legte die Zeitung beiseite und ging im Zimmer auf und ab. »Trotzdem ergibt es keinen Sinn. Malone ist tot, er kann seine Beute ja wohl schlecht ausgeben. Spätestens, wenn ihn auf offener Straße mal ein Regenschauer überrascht, ist er doch wieder der Alte. Selbst wenn es ihm gelingt, der Polizei die Juwelen abzuluchsen, kann er nicht einfach so tun, als wäre er lebendig. Früher oder später kommt ihm doch das SBI auf die Schliche.«

»Eher früher als später«, betonte Harold, zückte sein Schmetterlingsnetz und vollführte damit einige Bewegungen, als versuche er, jemanden einzufangen. »Das SBI hat uns dafür eine neu entwickelte App zur Verfügung gestellt. Es handelt sich um eine Art Röntgen-App, mit der man erkennen kann, ob ein Mensch tatsächlich menschlich ist oder nichts weiter als ein mit Farbe bemalter Jenseitsbewohner.« Sein Blick fiel auf Professor Schwefelkopf. »So wie der hier. Professor Schwefelkopf sieht ja jetzt tatsächlich aus wie ein richtiger Mensch. Bis auf den Lippenstift vielleicht.«

»Sag ich doch«, beharrte Professor Schwefelkopf.

»Hier, das ist die App«, erklärte Harold und präsentierte den anderen sein Smartphone. Mit einem Klick aktivierte er die Handykamera und schoss ein Bild von Professor Schwefelkopf.

»Und jetzt?«, fragte Otto.

»Nun klicke ich auf *Auswerten*«, murmelte Harold und tippte aufs Display. »Und da haben wir auch schon das Ergebnis. Hier steht: *Sie haben ein Objekt nicht lebenden Ursprungs fotografiert.*«

»Krass«, murmelte Emily und bestaunte Harolds Smartphone.

»Jetzt die Gegenprobe«, sagte Harold und schoss ein Foto von Otto und Emily. »Seht ihr, es funktioniert. Nun steht da: *Sie haben zwei Objekte lebenden Ursprungs fotografiert. Wollen Sie Ihr Bild auf Facebook oder Twitter teilen?*« Er überlegte. »Ja, will ich.«

Emily starrte den Sensenmann an. »Harold, bist du etwa auf Facebook?«

»Na klar. Was für eine Frage. Ich habe die App natürlich auf meinem Seelen-Messenger. Als Sensenmann muss man ja am Puls der Zeit bleiben. Auch Gundula hat dort ein Profil.« Er kratzte sich am Kopf und sah dann zu Boden. »Aber irgendwie habe ich mich noch nicht getraut, sie als Freundin hinzuzufügen. Vielleicht mache ich das, wenn sie mich rappen gehört hat. Dann findet sie mich bestimmt cool.«

»Du kannst rappen?« Emily machte große Augen.

Otto räusperte sich. »Zuerst sollten wir uns allerdings um Mr Malone kümmern«, erinnerte er die Truppe, als Harold Emily gerade sein Facebook-Profil zeigte und stolz erzählte, dass schon zweihundertdreißig Besucher auf *Gefällt mir* geklickt hatten. »Harold, weiß das SBI denn inzwischen, wo sich das geheime Portal befindet?«

Harold sah auf und schüttelte den Kopf. »Sie haben immer noch keinen blassen Schimmer. Es wäre also wirklich wichtig, dass sich euer geschminkter Professor baldmöglichst erinnert. Ich habe versucht, diesem irren Kerl, den wir neulich in der Tonne gefunden haben, Informationen zu entlocken, aber der hat mich bloß wüst beschimpft und wollte nicht mit mir sprechen, bevor er mir ausgebüxt ist. Vermutlich hab ich ihn etwas zu unsanft zurück ins Jenseits befördert.«

Otto seufzte. Alles hing jetzt von Sigmund Schwefelkopf und Madame Olga ab. Heute war es zu spät für eine Hypnosesitzung, Madame Olga hatte bereits das Licht ausgemacht. Aber gleich morgen nach der Schule würden sie noch einmal bei ihr klingeln und einen neuen Versuch starten. Und dann musste der Professor sich endlich erinnern.

# Unter Hypnose

»Konzentrieren Sie sich auf das Pendel,« sagte Madame Olga mit ruhiger, eindringlicher Stimme zu dem Professor, der auf ihrem Sofa lag. »Und dann zählen Sie von eins bis zehn, ganz langsam. Haben Sie das verstanden, Mr Schweinekopf?«

»Mr Schweinekopf«, kicherte Vincent in Ottos Jackentasche. »Ich lach mich krumm. Schwein gehabt, dass dir der Name auf die Schnelle eingefallen ist, Otto.«

Otto versetzte seinem Haustier einen kleinen Stups, worauf Vincent verärgert seine Klappe hielt. Nach dem missglückten Kennenlernen gestern war Otto nichts anderes übrig geblieben, als Sigmund Schwefelkopf eine neue Identität zu verpassen. Sonst hätte Madame Olga vermutlich geahnt, dass sich der vermeintliche Clown von gestern bloß umgezogen hatte. Madame Olga war erst noch ziemlich sauer auf Otto und Emily gewesen, weil sie sie erst gestern mit einem Clown erschreckt hatten, doch als Professor Schwefelkopf Olga einige Komplimente zu ihrer »grazilen« Figur und ihrem niedlichen Stupsnäschen gemacht hatte, hatte sie nur geschmeichelt mit den Wimpern geklimpert und doch nachgegeben.

Notgedrungen hatten sie beschlossen, den charmanten Besucher als Mr Schweinekopf vorzustellen. Was Besseres war ihnen auf die Schnelle nicht eingefallen.

Zum Glück war Madame Olga nichts daran verdächtig vorgekommen und sie hatte angeboten, sofort mit der Hypnose zu beginnen.

Sie hatte ihr Wohnzimmer abgedunkelt und Sigmund Schwefelkopf gebeten, es sich auf dem Sofa gemütlich zu machen. Otto, Emily und Vincent durften bei der Hypnose dabei sein, solange sie versprachen, die Sitzung nicht zu stören. Zumindest Otto und Emily hielten sich daran. Vincent musste man immer wieder ermahnen.

»Acht, neun, zehn«, murmelte der Professor in diesem Moment und schlug die Augen zu, während Madame Olgas Pendel immer noch vor seinem Gesicht hin und her schwang.

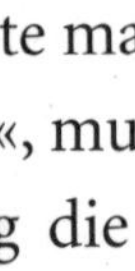

»Sehr gut«, murmelte Madame Olga. »Wir begeben uns nun zurück an den Punkt, an den Sie sich erinnern möchten, Mr Schweinekopf. Den Ausgangspunkt Ihrer Reise. Dafür gehen wir in Ihrer Erinnerung gemeinsam Schritt für Schritt in der Zeit zurück, bis zu dem Moment, an dem Sie Ihr Gedächtnis verloren haben.«

»Huch. Ich sehe … Otto und Emily«, begann der Professor plötzlich unvermittelt. »Das war gestern. Gestern Abend. Wir saßen in Ottos Zimmer, während Emily mir Lippenstift auf den Mund –«

»Lippenstift?«, fuhr Madame Olga dazwischen und rümpfte irritiert ihre große Nase.

»Sie müssen noch weiter zurückgehen«, unterbrach Otto die Wahrsagerin. »Eine Woche. Zu dem Zeitpunkt, als Mr Schweinekopf in … unsere Stadt gereist ist. Bekommen Sie das hin?«

»Was für eine Frage!«, murmelte Madame Olga und versetzte ihrem Pendel erneut einen Stups. Es schwang immer schneller. »Wir gehen noch ein Stück weiter zurück, Mr Schweinekopf. Sind Sie bereit?«

Der Professor auf dem Sofa nickte.

»An den Punkt, an dem Sie Ihre Reise angetreten haben.« Madame Olga überlegte kurz. »Erinnern Sie sich an etwas, das Sie am Reisetag bei sich trugen? Vielleicht einen Koffer? Ein Flugticket? Versuchen Sie, ein Bild vor Ihren Augen entstehen zu lassen.«

Der Professor schwieg. Ihm schien nichts einzufallen – wie auch, immerhin war er ohne Koffer und Flugticket verreist. Fast wünschte sich Otto, sie könnten der Wahrsagerin die ganze Geschichte erzählen – dass Professor Schwefelkopf kein normaler Tourist, sondern unabsichtlich aus dem Jenseits hierher gereist war. Würde die Hypnose überhaupt funktionieren, wenn Madame Olga nur die Hälfte wusste? Sie mussten es riskieren, eine andere Möglichkeit gab es nicht.

»Ich sehe keinen Koffer. Und auch kein Ticket«, murmelte der Professor nach einer Weile. Er sprach langsam, beinahe so, als träumte er. »Aber da ist etwas anderes …«

»Was?«, bohrte Madame Olga nach.

»Hunger. Ich hatte großen Hunger« sagte der Professor nun.

Hunger? Otto und Emily warfen sich irritierte Blicke zu. Auch Madame Olga schien ein wenig ratlos.

»Versuchen Sie sich zu erinnern«, forderte sie ihn auf. »Sie hatten Hunger. Was geschah danach?«

»Ich … bin zum Kühlschrank gegangen und habe hineingesehen. Aber da war nichts. Bloß ein altes, hartes Stück Schweizer Graukäse.«

Madame Olga spitzte die Ohren. »Schweizer Graukäse? Kommen Sie etwa aus der Schweiz, Professor Schweinekopf?«

Der Professor runzelte die Stirn. Seine Augen waren

noch immer geschlossen. »Aus der Schweiz? So ein Quatsch. Ich komme doch aus dem Jenseits –«

»Tal!«, unterbrach Otto ihn aufgeregt. Seine Hände begannen zu schwitzen und er fing an, die blöde Idee mit der Hypnosesitzung zu bereuen. »Mr Schweinekopf kommt aus … dem Jenseitstal! Das ist ein kleines, beinahe unbekanntes Tal mitten in den Bergen. Nicht in der Schweiz, sondern in … äh … Österreich. Dort isst man auch viel Käse.«

»Aha«, brummte Madame Olga und hob skeptisch eine Augenbraue. Dann wandte sie sich wieder dem Professor zu. »Nun, weiter im Text. Mr Schweinekopf, als Sie entdeckt haben, dass sich im Kühlschrank nur Schweizer Graukäse befand, was haben Sie dann gemacht?«

Die Augenlider des Professors flatterten. Offensichtlich bereitete es ihm Schwierigkeiten, sich an genau diese Stelle zu erinnern. »Ich bin aus dem Haus gegangen«, antwortete er schließlich. »Um mir etwas zu essen zu kaufen.«

»Wohin?«, rief Otto aufgeregt und sprang so hastig von seinem Stuhl auf, dass dieser laut polternd umkippte. »Wohin bist du gegangen?«

»Also wirklich, Otto, wer führt hier die Sitzung?«, ermahnte ihn Madame Olga. »Wie wäre es, wenn du dir ein Stück Kirschkuchen aus der Küche holst und draußen wartest, bis wir hier fertig sind?«

»Schon gut, Madame Olga. Ich bin ja schon still«, versprach Otto, hob den Stuhl auf und setzte sich wieder hin. Kirschkuchen war das Letzte, woran er jetzt denken konnte, auch wenn er noch so lecker war. Was war, wenn der Professor in Trance noch mehr Details aus der Jenseitswelt verriet?

»Ich ging also … in die Stadt«, antwortete Sigmund Schwefelkopf. »Es war ein trostloser Tag. Alles grau in grau. Und das einzige, was mich aufheitern konnte, war, meine Lieblingsbäckerei *Zum Todesbrot* zu besuchen und mir dort ein Schokohörnchen zu kaufen.«

»*Zum Todesbrot?*« Madame Olga schien irritiert. »Diese Österreicher haben ja seltsame Namen für Läden.«

»Das *Todesbrot* ist wirklich die beste Bäckerei zwischen Himmel und Erde«, schwärmte Sigmund Schwefelkopf weiter. Sogar in Trance schien er mächtig Hunger zu bekommen, denn er leckte sich genussvoll die Lippen. Zum Glück blieb der Lippenstift dran. Gut, dass Emily kussechten gekauft hatte. »Wissen Sie, sogar die ganz wichtigen Bosse des SBI kaufen dort regelmäßig ein.«

»SBI? Nie davon gehört«, sagte Madame Olga.

»SBI steht für … äh … Schweizer Bergforschungsinstitut«, log Emily prompt.

»Ach. Ich dachte, euer Freund kommt aus Österreich?«, fragte Madame Olga nach.

»Ähm, tut er ja auch. Aber die Bäckerei ist so bekannt,

dass sogar Menschen aus den Nachbarländern dort einkaufen«, rettete sich Emily und warf Otto einen verunsicherten Blick zu. Auweia. Der Bär, den sie Madame Olga da gerade aufbanden, wurde immer größer. Blieb zu hoffen, dass die Sitzung nicht mehr allzu lange dauerte.

»Dann habe ich mir zwei Schokohörnchen gekauft, genussvoll hineingebissen und bin aus der Bäckerei getreten.« Für einen Moment erschien ein Lächeln auf den Lippen des Professors. Dann hielt er inne. »Und dann … dann bin ich plötzlich gestürzt. Ausgerutscht. Auf einer blöden Bananenschale. Dann war da dieser offene Gullydeckel, direkt vor der Bäckerei. Ich habe noch versucht, mich am Rand festzuhalten, doch es war bereits zu spät. Ich bin –«

»Hinabgefallen!«, rief Otto aufgeregt. Er konnte sich nicht mehr an seinem Stuhl halten, lief hinüber zu dem Professor und kniete sich neben das Sofa. Madame Olgas strenge Ermahnungen, die Sitzung nicht zu stören, drangen diesmal erst gar nicht an sein Ohr.

»Ja, richtig«, bestätigte Professor Schwefelkopf. »Alles um mich herum war schwarz, und ich hörte das Geräusch von tropfendem Wasser. Und dann, nach einem schier ewig langen Fall, befand ich mich plötzlich in einer Mülltonne. Es hat furchtbar gestunken und –«

»Moment mal. Sie sind in einen Gully gefallen?« Madame Olga schien sich überhaupt keinen Reim auf Pro-

fessors Schwefelkopfs Geschichte machen zu können. »Und dann in einem Müllcontainer aufgewacht? Das ergibt doch gar keinen Sinn. Mr Schweinekopf, ich vermute, Sie sind verwirrt. An dieser Stelle ist es wohl besser, die Sitzung abzubrechen, bevor wir Ihr Gedächtnis noch länger in Mitleidenschaft ziehen. Tut mir leid, dass ich euch nicht helfen konnte, Otto.«

»Ähm, schon okay«, murmelte Otto möglichst gelassen, dabei fiel es ihm so schwer wie noch nie, seine Aufregung zu verbergen. Ein Gully! Ein Gully direkt vor der Jenseitsbäckerei. Professor Schwefelkopf war hinabgefallen und dann plötzlich in der Mülltonne aufgewacht. Im Gully musste sich das Portal befinden, kein Zweifel.

»Ich hole euren Freund wieder zurück zu uns, ja?«, meinte Madame Olga und hob die Schultern. »Mr Schweinekopf, zählen Sie nun langsam von zehn rückwärts, bis Sie wieder bei eins angelangt sind. Dann werden Sie erwachen und sich munter und frisch fühlen.«

»Wir müssen sofort die Jenseits-Schneekugel aktivieren und mit Onkel Archibald sprechen«, flüsterte Emily Otto zu, während der Professor zählte. Ihre Wangen glühten, bestimmt war sie genauso aufgeregt wie er. »Dann versuchen wir, ihn durch das Portal in unsere Welt zu schicken. Erst dann darf das SBI vom Aufenthaltsort des Portals erfahren und es schließen.«

»Drei … zwei … eins«, murmelte der Professor in diesem Moment und schlug die Augen auf. Verwirrt blickte er erst Otto, dann Emily und schließlich Madame Olga an. »Was ist passiert? Hat es geklappt? Ich kann mich an nichts erinnern.«

»Leider nein«, murmelte Madame Olga geknickt und erhob sich schwerfällig von ihrem Sessel. »Die Erinnerungen ergaben keinen Sinn, Mr Schweinekopf. Vermutlich liegt es daran, dass ich alt werde und meine Fähigkeiten nachlassen.« Sie seufzte frustriert. »Ich werde euch dreien nichts für die Sitzung berechnen. Einverstanden?«

»Oh, schade«, murmelte der Professor enttäuscht, der Madame Olga tatsächlich glaubte.

Sie blinzelte den Professor kokett an. »Aber wenn Sie möchten, Herr Schweinekopf, dann könnten Sie mir ja noch bei einem Stück Kirschkuchen etwas Gesellschaft leisten. Wenn Sie mir noch ein paar Komplimente machen, hilft das meiner Erinnerung vielleicht auf die –«

»Wir müssen gehen«, unterbrach Otto Madame Olga mitten im Satz. Dabei ließ er die Schultern hängen und versuchte, sich nichts anmerken zu lassen. Innerlich jubelte er allerdings. Wie kurios war das denn? Madame Olga hatte keinen Schimmer, welche große Hilfe sie gewesen war. Und nun mussten sie nicht einmal etwas für die Hypnosesitzung bezahlen, dabei hatten sie gestern extra dafür die letzten Reste ihres Taschengeldes zusammengekratzt. Otto hatte beinahe ein schlechtes Gewissen und nahm sich vor, Madame Olga demnächst ein Geschenk vorbeizubringen.

»Tja dann, auf Wiedersehen, Madame Olga«, murmelte Emily, als sie zur Tür gingen. Otto sah ihr an, dass auch sie etwas zerknirscht war. »Sie haben es zumindest versucht.«

* * *

Eigentlich hätten Otto und Emily heute Nachmittag dringende Hausaufgaben zu erledigen gehabt. Sie sollten bis morgen eine Buchbesprechung vorbereiten, doch keiner von ihnen hatte bis jetzt auch nur einen Gedanken an diese nervige Arbeit verschwendet. Immerhin gab es weitaus Wichtigeres zu tun. Zuallererst mussten sie Onkel Archibald von der Hypnosesitzung erzählen.

»Wir müssen Professor Schwefelkopf unauffällig zurück in die Kammer bringen, und dann nehmen wir die Jenseits-Schneekugel in Betrieb«, schlug Emily vor, während Otto die Haustürschlüssel aus seiner Tasche kramte.

»Onkel Archibald wird Augen machen, wenn er erfährt, dass wir den Standort des Portals kennen«, flüsterte Otto zurück. Gerade als er den Schlüssel ins Schloss stecken wollte, stellte er fest, dass die Haustür bloß angelehnt war. Otto stieß sie einen Spalt auf und steckte vorsichtig den Kopf hindurch, um sich zu vergewissern, dass die Luft rein war. Vielleicht war Tante Sharon kurz in den Garten gegangen? Otto konnte sie jedenfalls nirgends entdecken und im Haus war es mucksmäuschenstill.

Als Emily, Otto und Professor Schwefelkopf in den Flur traten, erstarrten sie vor Schreck.

»Was … was um Himmels willen ist denn hier passiert?«, murmelte Otto und sah sich um. Der Garderobenständer lag am Boden, daneben, verteilt über den gesamten Teppich, waren Tonscherben und Blumenerde verstreut. Eine Zimmerpflanze war umgestürzt und der Topf zu Bruch gegangen. »Ach du frittierte Jenseitsmade! Wie sieht es denn hier aus?«, rief Vincent, schlüpfte aus Ottos Jacke und flatterte aufgeregt im Flur umher. »Hat der alte Putzteufel etwa eine wilde Party mit ein paar Rockern veranstaltet? Sieht ihr gar nicht ähnlich.«

Emily hörte Vincents Geplapper gar nicht. Sie lief schnurstracks ins Wohnzimmer, ohne sich die Schuhe auszuziehen. Auch hier sah es ähnlich chaotisch aus. »Die Pendeluhr! Sieh doch nur, Otto. Tante Sharons Pendeluhr hat einen Sprung. Jemand ist bei euch eingebrochen und hat alles verwüstet!«

Mit klopfendem Herzen folgte Otto Emily ins Wohnzimmer. Sie hatte tatsächlich recht. In Tante Sharons sonst so penibel aufgeräumten Haus sah es aus, als hätte eine Bombe eingeschlagen. An den Wänden hingen die

Bilder und Uhren schief, die Türen der Vitrine in der Ecke standen offen und der Inhalt lag auf dem Perserteppich verstreut. Einige der Kristallgläser waren zerbrochen.

Otto ergriff die nackte Panik. »Tante Sharon?«, schrie er und eilte so schnell er konnte die Treppe hinauf. Tränen traten in seine Augen, während er hastig zwei Stufen auf einmal nahm. »Tante Sharon, bitte antworte doch! Wo steckst du? Geht es dir gut?«

»Sharon? Wo bist du?«, rief jetzt auch Emily aus dem Erdgeschoss. »Otto, such oben nach ihr, Professor Schwefelkopf und ich sehen uns hier unten um.«

»Okay«, rief Otto mit erstickter Stimme. Hastig suchte er jeden Winkel des Obergeschosses nach Tante Sharon ab. Das Schlafzimmer. Das Badezimmer. Das Gästezimmer. Er sah auch in den Schränken und unterm Bett nach, für den Fall, dass sich Tante Sharon vor dem Einbrecher versteckt hatte, um zu warten, bis die Luft rein war. Doch er konnte sie nirgends finden, stattdessen herrschte auch hier oben das reinste Chaos. Ganz ohne Zweifel hatte hier jemand nach etwas gesucht.

Und womöglich auch Tante Sharon entführt.

Oh Gott. Der Gedanke schnürte Otto den Hals zu. Als er schließlich die letzte Treppe des Hauses erklomm und in sein Zimmer unter dem Dach trat, fiel sein Blick auf eine Notiz, die auf seinem Bett lag. Es war Tante Sharons Handschrift.

Otto, mach dir keine Sorgen
um mich, es geht mir gut.
Ich muss etwas Wichtiges erledigen.
Kümmere dich nicht um das Chaos im
Haus, ich erzähle dir alles später.
Ich hab dich lieb!
Deine Tante Sharon.

»Emily! Sigmund! Kommt schnell!«, rief Otto, doch seine beste Freundin und Professor Schwefelkopf standen bereits in der Tür. Emily nahm ihm den Brief aus der Hand, um ihn zu lesen. »Der lag auf meinem Bett. Tante Sharon schreibt, dass sie irgendetwas Wichtiges erledigen muss, aber ich habe keine Ahnung, was.«

Während Emily und Sigmund lasen, biss sich Otto auf die Lippe und zwang sich, nicht vor Verzweiflung loszuheulen. Er musste sich irgendwie beruhigen. Tante Sharon schien es gut zu gehen, auch wenn er sich keinen Reim auf das verwüstete Haus machen konnte. Was zum Teufel war nur passiert, während Madame Olga Sigmund Schwefelkopf hypnotisiert hatte? Er fing an, sich Vorwürfe zu machen.

»Vielleicht wissen Sir Tony, Bert und Molly, was passiert ist? Bestimmt sind sie da unten«, schlug Emily vor. Sie legte den Brief zur Seite, schob den Bettvorleger weg und öffnete die Klappe zur geheimen Kammer. Während Otto und Emily die Leiter nach unten kletterten, konnten sie bereits Berts und Mollys Stimmen hören. Die beiden schienen aufgeregt zu diskutieren.

»Mensch, Molly, jetzt sei doch nicht so dumm! Natürlich war das ein Geist!«, versuchte Bert Molly soeben klarzumachen, während er sich ein Stück Käse in den Mund schob. »Das war doch nie im Leben ein lebender Mensch!«

»Aber … er sah genau wie einer aus. Na ja, mal abgesehen von den altmodischen Klamotten. Außerdem können Geister schweben und dieser Typ konnte es nicht. Ich denke nicht, dass –« Molly brach ab, sah auf und schwebte aufgeregt auf Otto zu. »Oh, Otto, Emily, Gott sei Dank, ihr seid da! Jemand war hier … und hat alles verwüstet!«

»Was ihr nicht sagt«, antwortete Vincent patzig.

Bert nickte. »Molly hat wie wild geschrien und versucht, den Einbrecher durch ein paar fiese Spukattacken zu vertreiben, aber der Typ hat sich einfach nicht verscheuchen lassen. Und Tante Sharon hat versucht, ihn aus dem Haus zu werfen, aber er hat einfach –«

»Jetzt mal eins nach dem anderen«, unterbrach Otto seine beiden Hausgeister. Ihn beschlich ein dringender Verdacht, um wen es sich handeln könnte, aber zuerst musste er Ordnung in seine Gedanken bringen. »Könnt ihr mir den Kerl beschreiben, der hier war?«

Molly zwirbelte einen ihrer langen Zöpfe zwischen ihren Fingern. »Na ja, er sah … menschlich aus.«

»Quatsch. Das war ein Geist«, fiel ihr Bert ins Wort.

»Mensch.«

»Geist.«

»Stopp«, unterbrach Otto die beiden. »War dieser Kerl groß und trug er einen altmodischen Anzug? Und einen merkwürdigen kleinen Hut auf dem Kopf?«

Molly nickte aufgeregt. »Ihr kennt ihn?«

»Malone!«, rief Otto wütend und wandte sich Emily zu. »Mr Malone war hier, Emily.«

Molly schnaubte. »Dieser Mr Malone, wie ihr ihn nennt, hat sich irgendwie Zutritt zum Haus verschafft und Tante Sharon beim Teekochen in der Küche überrascht. Als er plötzlich hinter ihr stand, hat sie sich zuerst fürchterlich erschrocken und dann versucht, ihn hinauszuwerfen, doch der Kerl wollte einfach nicht verschwinden. Stattdessen hat er sie immer wieder nach Onkel Archibalds Aufenthaltsort gefragt. Obwohl Sharon ihm mehrmals versichert hat, dass ihr Mann längst tot sei, hat er einfach nicht lockergelassen.«

»Und dann wurde es erst richtig gruselig«, erzählte Bert weiter. »Er ist richtig wütend geworden. Wieder und wieder wollte er von Sharon wissen, ob Archibald Protokoll über seine Experimente geführt und wo er seine Erfindungen aufbewahrt hat.«

Nun hielt selbst Vincent den Atem an. Er hockte auf Ottos Schulter und sah zwi-

schen Bert und Molly hin und her. »Und? Was hat Tante Sharon geantwortet?«, wollte er wissen.

»Natürlich wusste Sharon von nichts. Immerhin hat sie keine Ahnung von der geheimen Kammer«, erklärte Molly und schwebte die vollgestopften Bücherregale entlang. »Wer weiß, vielleicht hat Onkel Archibald hier noch mehr wertvolle Gegenstände versteckt. Nicht bloß die Geisterbrille und die Jenseits-Sonnencreme, die ihr bereits gefunden habt.«

»Gott sei Dank hat dieser merkwürdige Kerl die Kammer nicht entdeckt«, schnaufte Bert.

»Wonach hat er überhaupt gesucht?«, fragte Otto.

»Wenn ich das nur wüsste. Mr Malone hat bloß immer wieder davon gefaselt, dass Onkel Archibald unmöglich tot sein könne.« Verzweifelt hob Molly die Schultern. »Und dann ist auch noch Sir Tony aufgetaucht, der kurz vorm Durchdrehen war.«

»Sir Tony?« Otto hob den Kopf. Jetzt erst fiel ihm auf, dass sein ältester Hausgeist gar nicht da war.

Molly nickte aufgeregt. »Sir Tony war außer sich. Du weißt ja, wie sehr er Eindringlinge hasst. Er ist diesem Kerl auf Schritt und Tritt gefolgt und hat ihn angebrüllt, er solle verschwinden, doch der Einbrecher hat seelenruhig alles weiter durchwühlt. Irgendwann ist er fluchend abgedampft, vermutlich weil er das, wonach er gesucht hat, nicht finden konnte.«

»Als Tante Sharon wieder alleine war, hat sie auf einmal die Geisterbrille aufgesetzt und nach Sir Tony gesucht«, erzählte Bert die Geschichte zu Ende. »Die beiden haben in der Küche sehr lange miteinander gesprochen. Und dann hat dir Tante Sharon noch diese Notiz geschrieben und ist plötzlich abgehauen.«

»Wohin?«, erkundigte sich Otto.

»Das wissen wir nicht.«

Otto schluckte. Langsam kam Licht ins Dunkel, auch wenn ihm immer noch unzählige Informationen fehlten. Mr Malone war ins Haus eingebrochen, auf der Suche nach Onkel Archibald – oder womöglich einer seiner Erfindungen. Offenbar hatte er keinen Erfolg dabei gehabt, deshalb war er nach einer Weile wieder abgerauscht.

Aber warum hatte Tante Sharon Hals über Kopf ihr Haus verlassen? Was hatte sie davor mit Sir Tony besprochen? Und wo steckte Sir Tony überhaupt? War er Tante Sharon gefolgt?

Müde ließ Otto sich in den Ohrensessel neben Onkel Archibalds Schreibtisch plumpsen und blies sich dabei die Haare aus der Stirn. Auweia. Tante Sharon und Sir Tony waren verschwunden und Mr Malone hatte die Villa verwüstet. Die Buchbesprechung morgen war nun sein geringstes Problem.

## Ab ins Jenseits!

Wenige Minuten später hatte Otto immer noch keine Ahnung, was zu tun war. Während Emily losgezogen war, um in der Villa nach der Geisterbrille zu suchen, versuchte Otto, seine Gedanken zu ordnen. Aber das war leichter gesagt als getan. Er wusste wirklich nicht, wann er zum letzten Mal so durcheinander gewesen war.

»Otto, das musst du dir ansehen!«, rief Professor Schwefelkopf, während Otto träge im Ohrensessel saß und den Kopf auf seine Hände stützte.

»Jetzt nicht«, murmelte Otto genervt und rieb sich angestrengt die Stirn. Auch wenn der Professor nichts dafür konnte, Otto war im Augenblick einfach stinkwütend auf alle … wie Harold sie nannte, Zombies, die durch die Mülltonne in seine Welt gelangt waren. Allen voran natürlich Mr Malone, der Tante Sharons Villa verwüstet und ihm das alles hier eingebrockt hatte.

Was sollte Otto denn nun tun? Sollte er etwa die Polizei anrufen und erzählen, dass im Radieschenweg Nummer acht eingebrochen worden war? Das wäre bestimmt die vernünftigste Lösung gewesen. Allerdings würden die Polizisten ihn dann fragen, was genau geschehen war. Was sollte er denn dann bitte schön sagen? Dass er mal eben den bereits seit hundert Jahren toten Professor Schwefelkopf von der Wahrsagerin gegenüber hatte hypnotisieren lassen, bevor er zurück ins Haus gekommen war und dieses Chaos hier bemerkt hatte? Und dass er insgeheim vermutete, dass sein fieser, neuer, farbloser Kunstlehrer namens Mr Melvin Malone hinter dem Einbruch steckte? Ein Juwelendieb, der wohlgemerkt auch schon seit über hundert Jahren tot war?

Wie würden die Polizisten reagieren? Welche Folgen würde es für ihn haben? Otto hatte schon öfter von Schulen für verhaltensauffällige Kinder gelesen, die merkwürdiges Zeug behaupteten. Sicher waren das Internate mit Rundumüberwachung. In eine solche Einrichtung würden sie ihn prompt stecken, wenn er ihnen auch nur die halbe Wahrheit verraten würde.

Nein. Es musste eine andere Möglichkeit geben.

»Otto, ich glaube wirklich, das hier könnte dich interessieren«, drängte Professor Schwefelkopf erneut. Er hockte vor Tante Sharons Kamin und spähte hinein. »Ich glaube, ich habe Sir Tony entdeckt.«

»Was?« In Windeseile war Otto auf den Beinen, lief zum Kamin und blickte hinauf in den dunklen staubigen Schacht. »Du hast Sir Tony gefunden? Hockt er etwa im Kamin?«

Tatsächlich. Warum war er nicht schon früher darauf gekommen, in Sir Tonys Lieblingsversteck, mal abgesehen vom Staubsauger, nachzusehen. Von hier unten konnte er Sir Tonys dickes Hinterteil erkennen. Der Hausgeist steckte eingequetscht ganz oben im Schornstein. Das machte er üblicherweise nur dann, wenn er sich vor irgendetwas fürchtete. Oder irgendjemandem.

»Sir Tony! Ich bin es, Otto! Du kannst dich heraustrauen«, rief Otto in den Schacht. »Mr Malone ist verschwunden. Die Luft ist wieder rein.«

Sir Tony räusperte sich. »Aber –«

»Nichts aber. Wir brauchen dich hier«, drängte Otto.

»Na gut.« Es dauerte kaum zwei Sekunden, da stob eine kräftige Staubwolke durch die Kaminöffnung und ließ Otto husten. Einen Augenblick später erschien ein rußverschmierter Sir Tony vor Otto und dem Professor.

»Oh, Otto. Wo soll ich am besten anfangen?« Er wirkte niedergeschlagen und beinahe kleinlaut. Das kannte Otto gar nicht von ihm. »Weißt du, es liegt nicht an Mr Malone, dass ich mich hier oben versteckt habe«, gab

Ottos Hausgeist zu. Nervös schwebte er vor der Feuerstelle auf und ab. »Ich fürchte, ich habe etwas … nun ja, sehr Dummes getan.«

Otto hob die Augenbrauen. Wovon sprach Sir Tony? Und seit wann gab er eigentlich Fehler zu? Ein Gefühl verriet Otto, dass Sir Tonys Geständnis womöglich mit Tante Sharons Verschwinden zu tun hatte.

Was in aller Welt hatte Sir Tony angestellt?

»Du hast Sir Tony gefunden?« Emily trat neben Otto und spähte in den Kamin. Anscheinend hatte sie nicht ganz begriffen, dass Sir Tony schon im Wohnzimmer herumschwebte. »Ich konnte die Geisterbrille leider nirgends finden. Zu blöd! Sonst könnte ich endlich auch wieder mit Sir Tony sprechen.«

»Das kann Emily vergessen«, kommentierte Sir Tony und schwebte unablässig vor ihnen auf und ab. Dabei vermied er es, Otto in die Augen zu sehen. Ein weiteres Zeichen dafür, dass etwas im Busch war. »Die Geisterbrille hat Tante Sharon nämlich mitgenommen. Und die Jenseits-Schneekugel auch. Ich glaube, sie hat begriffen, wie sie funktioniert.«

»Was?« Otto starrte seinen Hausgeist an. Seine Gedanken fuhren Achterbahn. »Sie hat die Brille und die Kugel mitgenommen? Wohin?«

Sir Tony seufzte nur, schüttelte sich den Ruß vom Körper und ließ sich auf das Sofa fallen. Er stützte den

Kopf auf seine Hände. »Ach, Otto, das weiß ich nicht so genau. Alles, was ich dir sagen kann, ist, dass deine Tante losgezogen ist, um Onkel Archibald zu suchen.«

»Was?«, rief jetzt Professor Schwefelkopf und sprang auf. »Aber ich dachte, Ottos Tante glaubt immer noch, dass ihr Mann Archibald seit vielen Jahren tot –«

»Das dachte sie auch. Bis heute«, murmelte Sir Tony kleinlaut und vergrub seine Hände in den Hosentaschen. »Aber dann … dann ist dieser gemeingefährliche Mr Malone in die Villa eingebrochen und hat ihr den Floh ins Ohr gesetzt, dass er noch lebt. Er hat behauptet, er hätte Beweise dafür, dass Onkel Archibald nicht tot sein könne. Und plötzlich war Tante Sharon wie besessen davon, ihren verschwundenen Ehemann zu finden.«

»Jetzt komm schon, Otto. Was sagt Sir Tony?« Emily stupste ihn in die Seite. »Hör mal, wenn du es mir nicht bald übersetzt, dann überlege ich wirklich, mir einen neuen besten Freund zu suchen!«

Während Otto ihr die Sachlage schilderte, plapperte Sir Tony einfach weiter. »Otto, du musst mir glauben, ich hätte ihr nie im Leben etwas verraten«, jammerte er. Er schien den Tränen nahe, etwas, das für Sir Tony absolut untypisch war. »Aber Tante Sharon hat mich unter Druck gesetzt. Sie hat gedroht, den Staubsauger aus dem Fenster zu werfen, wenn ich ihr nicht sage, was ich weiß. Ich hatte keine andere Wahl, als ihr zu verraten, dass –«

Jetzt wurde Otto stutzig. »Was hast du ihr verraten?«, fragte er tonlos. Er spürte das Blut in seinen Adern pochen.

»Dass Onkel Archibald lebend im Jenseits festsitzt«, presste Sir Tony hervor. »Und dass du über eine magische Schneekugel, die du in deinem Zimmer versteckst, mit ihm Kontakt aufnehmen kannst.«

»Du hast *was*?«

»Es tut mir leid … es ist mir einfach so … rausgerutscht. Ehrlich.«

Otto glaubte, sich verhört zu haben. Sir Tony hatte alles verraten? Alles? War er nun komplett durchgeknallt? Bestimmt würde Tante Sharon Otto hassen, jetzt da sie wusste, was er ihr die ganze Zeit über verheimlicht hatte. Das war eine handfeste Katastrophe.

»Es tut mir so leid. Otto, bitte sei mir nicht böse. Du warst immer mein bester Freund, weißt du das eigentlich? Ich mag dich mehr als Bert und Molly.«

»Deine Entschuldigungen helfen dir jetzt auch nicht mehr«, schnaubte Otto wütend.

»Oh weh, ich weiß, ich hab es vermasselt. Aber du darfst auf keinen Fall meinen Staubsauger aus dem Fenster werfen. Das würde ich nicht überleben«, flehte Sir Tony. Seine Wangen färbten sich ziegelrot. Die ganze Angelegenheit schien ihm schrecklich peinlich zu sein. Zu Recht, fand Otto.

»Überleben? Du bist ein Geist«, mischte sich Vincent ein und kicherte schadenfroh.

»Und wo ist Tante Sharon nun hin?«, erkundigte sich Otto und knetete seine Hände. Er bemühte sich, ruhig zu bleiben. Am liebsten hätte er Sir Tony an den Schultern gepackt und geschüttelt, aber das funktionierte bei Geistern ja leider nicht.

»Natürlich ins Jenseits«, sagte Sir Tony leise.

»Ins Jenseits?«, echote der Professor.

»Tante Sharon ist im … Jenseits?«, rief jetzt auch Emily, die nur den Professor hören konnte.

»Lass mich raten. Wenn du schon so schön in Plauderlaune warst, hast du ihr zufällig auch verraten, dass sich im Müllcontainer der Schule ein Portal aufgebaut hat, das Diesseits und Jenseits miteinander verbindet, nicht wahr?«, sagte Vincent abfällig und bedachte Sir Tony mit einem giftigen Blick. »Erlaube mir eine Frage. Was hast du ihr eigentlich *nicht* erzählt, du altes Plappermaul?«

»Mag sein, dass ich auch vom Portal in der Mülltonne erzählt habe.« Sir Tony hob den Finger. »Aber ich habe ihr nicht erzählt, dass ihr einen Eindringling namens Professor Schwefelkopf im Haus beherbergt«, verteidigte er sich und hob so würdevoll wie möglich das Kinn. »Denn Otto, du hast mir gesagt, dass das ein Geheimnis ist. Und Geheimnisse behalte ich für mich.«

Otto hätte gelacht, wenn er nicht so große Angst gehabt hätte. »Na toll! Vielen Dank aber auch«, schnaubte er. »Jetzt blühen mir statt zehn Jahren Hausarrest nur fünf. Das macht es gleich viel besser.«

»Und, Leute? Was sollen wir jetzt tun?«, erkundigte sich Vincent. Zum ersten Mal, seit Otto seine Hausfledermaus kannte, klang sie nicht rotzfrech, sondern ehrlich verunsichert. »Ich finde, wir sollten sofort mit Onkel Archibald Kontakt aufnehmen.«

»Und wie? Tante Sharon hat die Schneekugel mitgenommen«, rief Otto verärgert.

»Was motzt du mich denn an?« Beleidigt verschränkte Vincent seine zerschlissenen Flügel. »Ich war es nicht, der vor Tante Sharon gesungen hat wie ein lausiger Verbrecher vor der Kriminalpolizei.«

»Entschuldigung«, murmelte Otto. »War nicht so gemeint, Vincent.« Langsam hatte er das Gefühl, den Verstand zu verlieren.

»Lass uns Harold anrufen«, schlug Emily vor. Zumindest sie schien Ruhe bewahrt zu haben. »Er soll uns mit seinem Auto abholen und uns schleunigst zur Schule bringen. Und dann werden wir sehen, ob das Jenseitsportal wirklich in beide Richtungen funktioniert. Momentan wissen wir ja nur, dass die Reise vom Jenseits ins Diesseits möglich ist.«

»Emily hat recht«, stimmte der Professor zu. »Womöglich kann deine Tante gar nicht so einfach in die

Mülltonne krabbeln und ins Jenseits reisen. Vielleicht schwimmt Sharon immer noch hier im Diesseits zwischen ein paar alten Kartons und den Überresten vom Mittagessen herum.«

Otto seufzte tief. Er konnte nur hoffen, dass Emily und der Professor recht hatten. Jetzt galt es erst mal, einen kühlen Kopf zu bewahren. Und schleunigst den Sensenmann zu rufen.

* * *

Leider hatte der Plan einen Haken. Scary Harry, inklusive seines klapprigen alten Autos, war für normale Menschen wie Emily, ohne besondere Gabe und ohne die Geisterbrille, natürlich unsichtbar. Er konnte sich mithilfe der Sense zwar sichtbar machen – nur hätte ein klappriger Lieferwagen, gefahren von einem sichtbaren Knochengerippe, inklusive zwei Kindern und einer Fledermaus auf der Ladefläche, eindeutig zu viel Aufsehen erregt. Ganz besonders bei Tageslicht.

So bot Vincent an, stattdessen zur Schule zu flattern und im Müllcontainer nach Tante Sharon zu sehen, während Otto und Emily vorsorglich damit begannen, in der verwüsteten Küche einen ganzen Eimer voll Jenseits-Sonnencreme anzurühren. Wenn Tante Sharon nach Mr Malones Besuch tatsächlich ins Jenseits gereist war, mussten sie ihr hinterher, schnell und möglichst unauffällig. Und das ging nur, wenn sie aussahen wie gewöhnliche Jenseitsbewohner – farblos.

An dieser Stelle kam die Jenseits-Sonnencreme ins Spiel. Onkel Archibalds grandiose Erfindung sah auf den ersten Blick eher unscheinbar aus und roch wie abgestandener Joghurt, doch hatte man sie sich erst einmal auf die Haut geschmiert, war ihre Wirkung nahezu phänomenal. Sie verdeckte jedes bisschen Farbe am Körper und verwandelte selbst rot leuchtende Pickel in ein einheitliches Grau. Damit waren Otto und Emily von Jenseitsbewohnern nicht mehr zu unterscheiden.

»Okay«, murmelte Emily, rieb sich angestrengt die Stirn und starrte auf die Rührschüssel auf der Arbeitsplatte vor ihr. »Wir haben Onkel Archibalds Rezept genau befolgt. Wir haben mehrere Becher saure Sahne, Eier, eine Prise Salz und ein wenig von Tante Sharons Fensterputzmittel zusammengemischt. Und nun muss noch etwas Alkohol hinzu, um die Haltbarkeit zu verlängern. Das müsste eigentlich reichen.«

Otto blickte angeekelt auf die weißgelbe Pampe in Emilys Rührschüssel. »Igitt. Ich kann mir Schöneres vorstellen, als mich damit einzucremen. Bleibt zu hoffen, dass wir gar nicht ins Jenseits reisen müssen und Vincent Tante Sharon in der Mülltonne findet –«

»Da bin ich wieder!«, ertönte Vincents Stimme durch das gekippte Küchenfenster. Kurz darauf quetschte sich Ottos Hausfledermaus nicht besonders elegant durch den Fensterspalt und plumpste aufs Fensterbrett.

»Und?«, rief Emily.

»Leute, ich habe leider schlechte Nachrichten«, japste Vincent. »Es sieht ganz so aus, als würde das Jenseitsportal tatsächlich in beide Richtungen funktionieren.«

»Oh nein, ich habe es befürchtet«, seufzte Otto. Also blieb ihnen nichts anderes übrig, als sich doch mit dieser Pampe zu beschmieren. Egal. Es ging immerhin um Tante Sharon. Um sie sicher nach Hause zu bringen, hätte Otto sogar Schlimmeres in Kauf genommen.

Vincent hob hilflos die Flügel. »Ich war mir erst nicht sicher. Hätte ja sein können, dass Tante Sharon sich die Sache mit der Reise ins Jenseits anders überlegt hat. Aber dann habe ich zwei Küchenhilfen belauscht, während ich in der Tonne eine paar Fleischfliegen gefressen …« Er räusperte sich verlegen. »Ähem, ich meinte natürlich, nach Tante Sharon gesucht habe. Die beiden hatten anscheinend kurz vorher eine Frau in die Mülltonne kriechen sehen. Sie wollten sie noch vor den scharfen Dosenkanten warnen, immerhin gab es mittags in der Kantine Tomatensuppe, aber als die beiden Frauen den Tonnendeckel angehoben haben, war keine Spur von Tante Sharon zu sehen. Sie haben sich bloß ratlos angesehen und dachten, sie würden fantasieren.«

»Mist«, murmelte Emily und fing an, ihre Arme mit Onkel Archibalds Creme einzureiben. »Tante Sharon ist also tatsächlich ins Jenseits gereist. Und das in Farbe. Ohne vorher die Sonnencreme aufgetragen zu haben.«

Otto schluckte. Emily hatte recht. Wenn Tante Sharon im Jenseits ankam, würde sie sofort als Lebende enttarnt werden. Sie wusste ja nicht, dass es dort keine Farbe gab. Außerdem würde sie nach ihrer Ankunft verwirrt sein und vermutlich irgendwelche Jenseitsbewohner nach Onkel Archibald fragen.

Was, wenn einer von ihnen sie verpetzte? Was, wenn das SBI dahinterkäme, dass sich eine Lebende im Jenseits aufhielt? Für dieses Vergehen drohten drakonische Strafen und die Sensenmänner dort fackelten nicht lange. So viel wusste Otto bereits von seinem letzten und bisher einzigen Besuch im Jenseits vor einigen Monaten. Die Sache war äußerst gefährlich, daran bestand gar kein Zweifel. Tante Sharon musste sofort gefunden und zurück ins Diesseits gebracht werden.

Otto und Emily hatten gerade ihre Beine mit Jenseits-Sonnencreme bedeckt, als die Tür zum Salon aufflog und eine Gestalt in einer schwarzen Kutte hereinstürmte.

»Harold! Dich schickt der Himmel!«, rief Emily.

»Na ja, nicht ganz.« Harold wackelte mit dem Kopf. »Ich habe eure SMS gelesen und bin sofort hergekommen. Ist es wahr, was ihr mir geschrieben habt? Tante Sharon befindet sich im Jenseits? Lebend? Und ihr seid hier und … backt Kuchen?« Mit schnellen Schritten eilte er in die Küche, stellte seine Sense ab, steckte den Finger in die Schüssel mit Jenseits-Sonnencreme und probierte. »Igitt. Das ist ja widerlich. Wer soll das denn essen?«

»Harold! Das Zeug ist giftig!«, rief Otto.

»Mir egal. Bin ja schon tot«, murmelte Harold trocken.

»Außerdem ist das kein Kuchen, sondern Jenseits-Sonnencreme«, erklärte Otto seinem Kumpel, während er selbst noch etwas von der Creme nahm und sein Gesicht damit eincremte. Mit der grauen Hose und dem weißen Shirt war die Tarnung jetzt perfekt. Sobald er im

Jenseits war, würde man kein bisschen Farbe mehr an seinem Körper finden.

»Moment mal. Wozu braucht ihr denn Jenseits-Sonnencreme?« Harold blickte von Otto zu Emily und wieder zurück. Sein Blick blieb an Professor Schwefelkopf kleben, den Emily vorhin abgeschminkt hatte und dessen Haut nun wieder das gewohnte Grau hatte. Dann schien bei ihm der Groschen zu fallen. »Oha, ich weiß, was hier gespielt wird. Ihr vier Pappnasen wollt Tante Sharon hinterher!«

»Was haben wir denn sonst für eine Wahl?«, rief Otto aufgebracht. »Wir müssen Tante Sharon finden, bevor es die Sensenmänner vom SBI tun. Die würden meine Tante vermutlich einbuchten und nie wieder aus dem Jenseits rauslassen. Dann habe ich gar keine Familie mehr!«

Harold schluckte und knetete seine knochigen Hände, die dabei ungesund knackten. So nervös hatte Otto seinen knochigen Kumpel noch nie gesehen. Noch nicht mal, als er unerwartet auf Gundula, die Sensenfrau seiner Träume, getroffen war.

»Kannst du uns über die Jenseits-App mitnehmen, Harold?«, bat Otto. Er wusste, dass Harold mithilfe der App auf seinem Seelen-Messenger ein Kraftfeld aufbauen konnte, welches auch Personen in seinem direkten Umfeld ins Jenseits transportierte. Als sie die App das letzte Mal benutzt hatten, waren sie in einer Art Niemandsland vor dem Jenseits gelandet, hatten sich am Hades-Portal gemeldet – oder besser gesagt, hindurchgeschmuggelt, und waren dann durch einen gigantischen Skelettschädel in die Jenseitswelt spaziert. Otto hatte nicht schlecht gestaunt, als er das alles zum ersten Mal gesehen hatte.

»Schlechte Idee.« Harold winkte ab. »Die Einreisekontrollen sind neuerdings verschärft worden. Wir würden zu viel Zeit verlieren und das Risiko, dass ihr doch auffliegt, ist zu groß. Wenn wir stattdessen das illegale Portal in der Mülltonne der Schule benutzen, sind wir eindeutig schneller. Außerdem spuckt uns das Portal vermutlich genau da aus, wo auch Tante Sharon hingelangt ist.«

Wo er recht hatte, hatte er recht. Auch wenn das bedeutete, dass sie mit der stinkenden Joghurtpampe am Körper mit Fahrrädern zur Schule fahren mussten. Und mit Professor Schwefelkopf im Schlepptau, der ihnen auf Tante Sharons altem Fahrrad nachradeln musste. Immerhin konnten sie den ja nicht alleine hier zurücklassen. Zum Glück wurde es draußen inzwischen dunkel, da erkannte sie hoffentlich niemand.

»Los jetzt«, rief Vincent voller Tatendrang. »Ich fliege vor zur Schule, ihr vier kommt nach. Und dann ab durch die Mitte, ähm … ich meine natürlich, ab durch die Tonne! Bleibt zu hoffen, dass euer stinkender Kuchenteig keine Ratten anlockt.«

# Tonnentauchgang

»Igitt«, jammerte Emily, als sie den Deckel der Tonne öffnete. »Hat den beiden Küchenhilfen eigentlich niemand gesagt, dass man Altpapier, Restmüll und Bioabfälle nicht in dieselbe Tonne werfen darf? So was nennt sich Mülltrennung.« Sie schnaubte angewidert. »Und herrje, ist das etwa eine Computertastatur? Sieht aus, als hätte jemand Himbeersirup darübergekippt.«

Otto verzog das Gesicht. Die ganze Angelegenheit war wirklich mehr als ekelerregend. Nur Vincent schien sich nicht im Geringsten zu ekeln – kein Wunder, er fraß ja auch mit Vorliebe Spinnen und Maden.

»Augen zu und durch. Oder besser gesagt, Nase zu und durch«, verkündete Harold, zog sich am Tonnenrand hoch und landete auf einem aufgeweichten, stinkenden Pappkarton. Professor Schwefelkopf reichte ihm sein

Schmetterlingsnetz. »Kommt rein hier, Leute, in der Tonne ist es richtig gemütlich.«

»Gemütlich?« Otto zog die Augenbrauen hoch. »Ist das dein Ernst?«

Harold lachte. »Nein, hier ist es nicht die Spur gemütlich. Die Tomatensuppenreste stinken und irgendetwas pikt mich in den Allerwertesten. Aber ich finde es doch ziemlich aufregend, mal nicht traditionell über die Jenseits-App zu verreisen. Das ist beinahe so etwas wie ein … Adventure-Trip.«

Otto und Emily warfen einander vielsagende Blicke zu und sparten sich ihre Kommentare.

»Du zuerst, Otto«, meinte Emily schließlich und klopfte ihm auffordernd auf die Schulter. »Du hast ja schon Mülltonnenerfahrung.«

Otto verdrehte die Augen. Er erinnerte sich nur zu gut daran, wie er in Stans Mülltonne nach der Verpackung des Anti-Geister-Sprays gesucht hatte. Das war verdammt eklig gewesen. »Schon gut, Em. Ich gehe zuerst.« Er kletterte auf eine leere umgestülpte Flaschenkiste, ergriff Harolds knochige Hand und ließ sich von ihm in die Tonne ziehen. Sigmund Schwefelkopf folgte ihm ohne Murren. Der Professor war ja schon bei seiner Anreise darin gelandet, offensichtlich machte ihm der Gestank nichts mehr aus.

Als Emily schließlich ebenfalls in der Tonne saß und

Vincent auf Ottos Schulter geflattert war, blickte sich die Truppe ratlos an. Wann ging die Reise ins Jenseits endlich los? Von dem magischen Portal war jedenfalls noch nichts zu sehen oder zu spüren.

Eine halbe Minute verging, in der nichts geschah.

»Komisch, es tut sich gar nichts«, sagte Otto. Wenn nicht bald etwas passierte, würden sie auch noch Aufmerksamkeit erregen. Es war zwar bereits dunkel, aber was, wenn der Hausmeister oder ein verirrter Passant vorbeikam und sie fragte, was sie da taten? Was sollten sie dann sagen? Dass sie in der Tonne nach etwas Essbarem suchten oder Tonnentieftauchen ein neues Trendhobby war, klang jedenfalls nicht sonderlich plausibel.

»Vielleicht müssen wir uns tiefer in den Müll graben«, schlug Vincent vor. »Richtig tief, bis wir die Reste von letzter Woche erreichen. Vielleicht haben wir Glück und finden noch ein paar von den Spaghetti, die es am Donnerstag in der Kantine gab. Findet ihr nicht, dass die ein bisschen wie Maden aussahen? Könnten mir jedenfalls schmecken.«

»Ich stecke auf gar keinen Fall meinen Kopf in diesen Dreckshaufen.« Otto würgte. Musste Vincent es wirklich noch schlimmer machen? »Wenn ich das gewusst hätte, hätte ich einen Taucheranzug mitgenommen. Und ein paar Sauerstoffflaschen.«

Harold hob die knochigen Schultern. »Vielleicht reicht

es auch einfach, wenn wir den Deckel zumachen«, schlug er vor, streckte die Hand nach dem eisernen Griff aus und zog den Deckel über seinen Schädel, bis ein lautes Rumsen zu hören war. Augenblicklich wurde es stockdunkel um sie herum.

Doch so blieb es nicht lange. Im nächsten Moment umfing Otto ein seltsames Gefühl, das ihm äußerst bekannt vorkam. Es war, als ziehe ihn ein mysteriöser Strudel immer tiefer in die Mülltonne, bis er glaubte, schwerelos durchs All zu gleiten. Er versuchte, Kontrolle über seine Arme und Beine zu gewinnen, doch bevor das überhaupt möglich war, spuckte ihn das All schon wieder aus und stieß ihn unsanft in kaltes dreckiges Wasser.

»Wuaah!« Noch bevor er die Augen aufschlagen konnte, hörte Otto bereits Emilys Stimme, die von steinernen Wänden widerhallte. Sie befanden sich eindeutig nicht mehr im Müllcontainer. Um sie herum war es immer noch dunkel, aber irgendwo über ihren Köpfen nahm Otto einen fahlen grauen Lichtschein wahr. Es schien sich um eine Art Schacht zu handeln. »Leute, ich glaube, wir sind in dem Gully gelandet, in den auch Professor Schwefelkopf bei seiner Reise ins Diesseits gestürzt ist«, sagte Emily. »Harold, bitte hilf uns raus hier. Ich bin patschnass.«

»Schaut mal. Hier an der Wand ist eine Leiter befestigt«, rief Harold, schnappte sich sein Schmetterlingsnetz und deutete auf eine wackelige Eisenkonstruktion. »Hier können wir hochklettern. Los, Otto, das gilt auch für dich. Um gemütlich zu plantschen ist jetzt nicht die richtige Gelegenheit.«

»Hä? Was?«, fragte Otto verwirrt. Während sich die anderen offenbar schon in der neuen Welt zurechtgefunden hatten, blickte er sich immer noch ganz verdattert um. Er befand sich in knietiefem Wasser und war von Kopf bis Fuß durchnässt. Die runde Öffnung ins Freie befand sich wenige Meter über ihren Köpfen. Otto schlotterte. Das Wasser war eiskalt.

»Was ist? Worauf wartest du?«, rief Vincent ihm von oben zu. Die Fledermaus war auf einen Steinvorsprung geflattert und schüttelte sich das Wasser aus dem Fell.

»Bin unterwegs«, murmelte Otto und umklammerte fest die unteren Sprossen der Leiter. Harold hatte sich das Schmetterlingsnetz zwischen die Zähne geklemmt und kletterte voran, Emily und der Professor folgten ihm. Nach wenigen Sprossen hielt die Gruppe plötzlich inne.

»Was ist? Gibt's ein Problem?«, rief Otto von unten.

»Schscht«, machte Harold. »Verhaltet euch ruhig. Wir sind nicht alleine. Da draußen befinden sich zwei Sensenmänner und ein Jenseitsbewohner. Und sie scheinen sich über Tante Sharon zu unterhalten.«

»Was?«, flüsterte Otto entsetzt, verstummte aber sofort wieder. Er bekam Gänsehaut am ganzen Körper, und das lag nicht nur daran, dass es hier unten nass und kalt war. Was hatte das zu bedeuten? War das SBI bereits auf Tante Sharon aufmerksam geworden? Oder noch schlimmer, hatten die Sensenmänner sie womöglich festgenommen?

»Den einen kenne ich«, flüsterte Harold zu den anderen hinab. »Das ist Gerrit, ein Stinkstiefel von Sensenmann. Er arbeitet für die Sonderkommission Jenseits, Division für illegale Einwanderer. Die sind dafür zuständig, dass nur Leute ins Jenseits gelangen, die auch hierher gehören. Gerrit ist ein richtig übler Typ. Der würde sogar seine eigene Großmutter ausliefern, um eine Beförderung zu bekommen. Also haltet lieber eure Schnäbel da unten.«

Otto schluckte und gehorchte.

»Gestatten, SOKO Jenseits«, sagte eine tiefe Stimme, die Otto an einen amerikanischen Cop aus einer Fernsehserie erinnerte. Er tippte darauf, dass es sich um einen Sensenmann handelte. Womöglich war es sogar dieser Gerrit. »Uns wurde mitgeteilt, dass sich eine lebende Person hier aufgehalten hat. Haben Sie jemanden gesehen? Haben Sie irgendetwas Verdächtiges vor Ihrer Bäckerei bemerkt?«

»Oh ja. Zwei Lebende. Die Farbe war nicht zu übersehen«, antwortete eine weitere männliche Stimme. »Eine Frau und ein Mann.«

»Das … das ist der Bäcker von der Bäckerei *Zum Todes-*

*brot*«, entfuhr es Sigmund Schwefelkopf. »Der hat doch nicht etwa das SBI gerufen und deine Tante verpetzt?«

»Der Mann kam mir allerdings nicht mehr ganz so lebendig vor«, fuhr der Bäcker fort. »Er hatte zwar Farbe am Körper, aber irgendwas an ihm hat mich stutzig gemacht.« Er dachte nach. »Auch möglich, dass die Frau ihn nicht freiwillig begleitet hat. Der Kerl hat sie nämlich ziemlich unsanft am Arm gepackt, bevor er mit ihr abgehauen ist.«

Emily schnappte nach Luft. »Mr Malone!«

Otto nickte. Er war kurz davor, seine Fassung zu verlieren, aus dem Gully zu klettern und die Sensenmänner und den Bäcker nach seiner Tante zu fragen. Was war hier los? War Mr Malone Tante Sharon etwa durch die Mülltonne gefolgt? Oder hatte sie ihn freiwillig mitkommen lassen?

Nein, unmöglich! Tante Sharon musste inzwischen ahnen, dass Mr Malone nichts Gutes im Schilde führte, immerhin hatte er auf der Suche nach Onkel Archibald ihr gesamtes Haus verwüstet. Womöglich bedrohte er sie. Arme Tante Sharon, bestimmt fürchtete sie sich zu Tode.

»Und wohin sind die beiden verschwunden?«, erkundigte sich der Sensenmann nun ungeduldig.

»Keine Ahnung«, antwortete der Bäcker ratlos.

»Na fein.« Nun sprach der andere Sensenmann, dessen Stimme kratzig klang wie die eines Kettenrauchers.

»Wenn die beiden Lebenden erneut hier auftauchen, rufen Sie einfach 811, den Jenseitsnotruf. Alles klar?«

»811?«, flüsterte Emily.

»Die Acht ist ein Symbol für die Ewigkeit. Mit dieser Eselsbrücke merkt sich hier jeder die Notrufnummer«, erklärte Harold leise. »Sie wird aber kaum genutzt. Die Gründe kannst du dir ja wohl denken, oder, Emily?«

Eine Weile herrschte Totenstille, dann hörte Otto schwere Schritte auf Asphalt. Die Sensenmänner schienen wieder zu gehen. Eine Tür schloss sich, dann war es ruhig um Otto, Harold, Emily und den Professor.

»Jetzt aber«, befahl Harold und kletterte voran aus dem Schacht. »Die Luft ist rein.«

Nach Harold krabbelte Emily aus dem Gully, dann folgten Professor Schwefelkopf und Otto. Oben angekommen, blickte Otto sich um. Das hier war tatsächlich das Jenseits. Ringsum reihten sich Häuser in einheitlichen Grautönen aneinander, dazwischen verliefen Straßen und zu ihrer Rechten befand sich sogar ein kleiner Park. Links von ihnen entdeckte Otto einen Laden, über dem der Schriftzug *Bäckerei zum Todesbrot* prangte.

»Oh, wir sind ja wirklich direkt vor meiner Lieblingsbäckerei! Ich hätte so gerne ein Schokohörnchen!«, bettelte der Professor und drückte seine Nase an der Schaufensterscheibe platt. »Ich sterbe, wenn ich nicht sofort ein Schokohörnchen bekomme!«

»Mensch, Schwefelkopf! Kommen Sie sofort da weg!« Harold rollte mit den Augen. »Außerdem sind Sie doch schon tot. Vergessen?«

»Aber ich hätte doch so gerne –«

»Nichts da. Sie sind ein über hundert Jahre alter Professor und kein kleines Kind. Es gibt jetzt kein Schokohörnchen! Wir müssen Ottos Tante finden«, unterbrach ihn Harold unwirsch. »Strengen Sie lieber Ihre grauen Zellen an und überlegen Sie, wie wir die Fährte der beiden aufnehmen können.« Harold kicherte. »Ha, ha. Graue Zellen, was für ein toller Gag. Im Jenseits!«

»Na meinetwegen. Suchen wir nach Hinweisen. Dann wollen wir mal sehen.« Der Professor sah sich um, entdeckte eine Infotafel am Straßenrand und steuerte darauf zu. »Bingo. Die könnte uns weiterhelfen.«

Otto sah genauer hin. Bei der Infotafel schien es sich um eine Art Landkarte zu handeln. Darauf war ein Stadtgebiet zu sehen und kaum einen Steinwurf von hier entfernt, kurz hinter der Stadtmauer, befand sich ein großes Areal mit Tannenbaumsymbol. Ganz in der Nähe schien sich ein Wald zu befinden. Onkel Archibalds Wald.

Emily blickte Professor Schwefelkopf über die Schulter. »Könnte Mr Malone wissen, wo sich Onkel Archibald aufhält?«

Otto zuckte mit den Schultern. »Keine Ahnung. Wenn Tante Sharon die Jenseits-Schneekugel mitgenommen hat, müssen wir annehmen, dass sie die Kugel geschüttelt und dadurch aktiviert hat. Und dann durch die Kugel mit Onkel Archibald gesprochen hat. Bestimmt hat der ihr verraten, wo genau im Jenseits er sich aufhält.«

»Aber das wäre furchtbar«, jammerte Emily alarmiert. »Bestimmt sind die beiden auf dem Weg zu ihm. Gut möglich, dass Malone deine Tante als Köder benutzt, um zu Onkel Archibald zu gelangen.«

»Für Spekulationen ist jetzt nicht viel Zeit. Lasst uns lieber loslegen. Unsere Zeit hier ist nicht unbegrenzt, Leute. Und jetzt nichts wie weg hier«, kommandierte Harold und sah sich aufmerksam um. »Man darf euch auf keinen Fall entdecken. Außerdem müsst ihr schleunigst nachcremen. Emily, deine Sommersprossen sind schon sichtbar. Ihr beide solltet Onkel Archibald dringend nahelegen, als Nächstes eine wasserfeste Jenseits-Sonnencreme zu erfinden. Diese hier ist im Ernstfall echt unpraktisch.«

# Verloren im Jenseitswald

Mist, ich hätte mir wirklich besser einprägen sollen, wie wir letztes Mal zu Onkel Archibalds Hütte gelangt sind. So was Dummes aber auch«, fluchte Harold und pfefferte vor Wut sein Schmetterlingsnetz ins Unterholz. »Jetzt latschen wir schon zwei Stunden durch den dämlichen Wald. Und eine Tanne sieht aus wie die andere.«

»Wir gehen ja auch im Kreis, du dusseliger Sensenmann. Ich hab schon drei Mal dasselbe Jenseitsrotkehlchen da oben im Geäst erschreckt«, lästerte Vincent, der auf einem Baum hockte und in die Ferne spähte. »Und von Tante Sharon und Onkel Archibald haben wir immer noch keine Spur.«

Otto versuchte, sich seine Enttäuschung nicht anmerken zu lassen. Er musste ruhig bleiben, auch wenn die

Zeit drängte. Wie auch schon beim letzten Mal hatte Harold wieder eine Sanduhr mit im Gepäck, die anzeigte, wie lange sich Otto und Emily gefahrlos im Jenseits aufhalten durften. Wenn der Sand der Jenseitsuhr verronnen war, war für Lebende eine Rückkehr ins Diesseits nicht gewiss. Dann verlor man langsam an Farbe, bis man von einem Jenseitsbewohner nicht mehr zu unterscheiden war. Genau das war Onkel Archibald passiert.

»Flugratte, es ist mir zwar eine Qual, dich um etwas zu bitten, aber kannst du ganz hoch über die Tannenwipfel fliegen und nach der Hütte Ausschau halten?«, bat Harold. Er schien allmählich wirklich verzweifelt.

»Das geht auch höflicher, du altes Klappergerippe!«, pflaumte Vincent vom obersten Ast zurück, drauf und dran, dasselbe Rotkehlchen noch ein viertes Mal zu erschrecken.

»Na fein.« Harold seufzte. »*Liebe* Flugratte, kannst du *bitte* so freundlich sein und ganz hoch über die Tannenwipfel fliegen und nach der Hütte Ausschau halten? BITTE?«

»Unfähiger, einfältiger Sensenmann«, schimpfte Vincent, ließ das Rotkehlchen in Ruhe und erhob sich in die Lüfte. Eine Weile kreiste er wie ein Adler über ihren Köpfen, dann segelte er im Sturzflug auf die Truppe herab. »Ich hab sie! Da drüben, etwa einen Kilometer entfernt. Dort steigt Rauch auf. Bleibt nur zu hoffen, dass der Rauch nicht auch Tante Sharon und Mr Malone zur Hütte führt.«

Otto schluckte. Damit könnte Vincent recht haben. Möglicherweise hatten Malone und Tante Sharon die Hütte längst entdeckt. Was zur Hölle bewahrte Archibald dort auf, für das sich Malone so brennend interessierte?

Moment mal. Otto blieb stehen. Ihm fiel plötzlich wieder ein, was Onkel Archibald neulich erwähnt hatte.

»Otto, was ist los? Stimmt was nicht?«, erkundigte sich Emily. »Wir müssen weiter, die Zeit drängt.« Sie blickte auf die Sanduhr. »Wir haben bestenfalls noch etwas mehr als zwei Stunden Zeit, bevor wir für immer hier im Jenseits feststecken. Wir müssen Malone außer Gefecht setzen, Tante Sharon retten und dann wieder zurück zum Gully laufen. Ganz schön viel zu tun.«

»Emily! Onkel Archibald hat mir neulich erzählt, er würde gerade an etwas arbeiten, das es ihm womöglich gestattet, wieder bei mir und Tante Sharon im Diesseits zu leben. Eine neue Erfindung.«

»Ach tatsächlich?«, fragte Emily ungläubig. »Das wäre ja eine Sensation!«

»Ja, aber Archibald meinte, die Zeit wäre dafür noch nicht reif«, erklärte Otto.

Emily überlegte. »Meinst du, dass Mr Malone etwas von dieser Erfindung ahnen könnte? Womöglich weiß er, dass Onkel Archibald kurz vor einem Durchbruch steht.«

Otto nickte. »Was auch immer das für eine Erfindung ist, sie würde Jenseitsbewohnern helfen, für immer in unserer Welt bleiben zu können. Also auch Malone.« Er überlegte. »Vielleicht plant er als Nächstes, an die Beute von seinem Juwelenraub zu kommen, nachdem er ja zeit seines Lebens keine Chance hatte, sie auszugeben.«

»Das wäre jedenfalls ein Motiv«, stimmte auch Professor Schwefelkopf zu. »Eine Substanz, mit der man für immer im Diesseits bleiben kann. Das wäre schon etwas Wunderbares. Ob die auch an mir wirken würde? Bestimmt würde sie das. Andererseits würden mir die Schokohörnchen furchtbar fehlen. Ich glaube, ich bleibe doch lieber im Jenseits.«

»Mr Malone sieht das offenbar anders«, überlegte Otto laut und stapfte so schnell er konnte durchs Laub. Vielleicht hatte er das Rätsel um Malone endlich gelöst. »Wenn wir nur wüssten, wo der Kerl sich herumtreibt. Hoffentlich erreicht er die Hütte nicht vor uns.«

»Seht mal. Da ist sie schon. Und ich glaube, wir sind die Ersten hier«, mischte sich Harold ein und deutete auf eine Stelle, an der sich das Dickicht des Waldes lichtete und den Blick auf eine kleine hölzerne Hütte freigab. »Weit und breit keine Spur von Malone oder Tante Sharon.« Er drückte sein Ohr an die Holztür. »Und Stimmen höre ich auch keine. Lasst es uns riskieren.«

Otto nickte. Vorsichtig bahnten sie sich ihren Weg

durchs Unterholz, bis hin zu dem schmalen Trampelpfad, der direkt zu Onkel Archibalds Hütte führte. Mit seinem Schmetterlingsnetz klopfte Harold an die Holztür. Nichts rührte sich.

»Vielleicht ist er gar nicht zu Hause«, überlegte Otto.

Vincent flatterte auf die Regenrinne und zuckte mit den Flügeln. »Das muss nichts heißen«, murmelte er. »Vielleicht hat sich der Alte bloß aufs Ohr gelegt.«

Harold klopfte erneut, wieder ohne Reaktion. Nach einer Weile versuchte er, die Klinke hinunterzudrücken. Es klappte. Die Tür öffnete sich und Otto entdeckte seinen Onkel, der mit dem Rücken zu ihnen vor einer gigantischen Apparatur stand. Alte Gläser, Seile und Zweige waren zu einer Art behelfsmäßigem Chemielabor zusammengeschraubt worden. In einigen Gläsern befand sich zähe Flüssigkeit, aus anderen stieg Dampf. Onkel Archibald war gerade dabei, sich in einem Büchlein Notizen zu machen, als er sich zu den fünf Besuchern umdrehte.

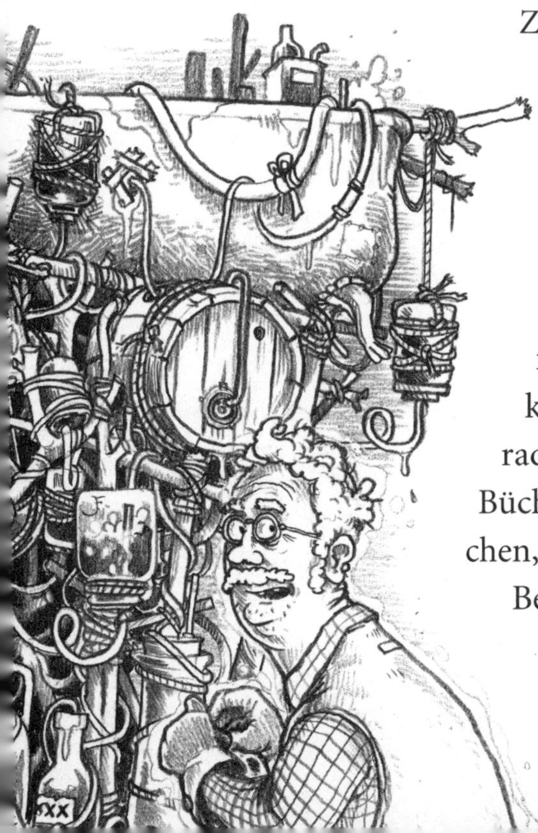

»Herrje, Otto! Emily! Ich habe euch gar nicht gehört!« Onkel Archibald ließ den Stift sinken und starrte zunächst Otto und Emily an, bevor sein Blick auf Harold, Vincent und Professor Schwefelkopf fiel. Er wirkte überrascht und gleichzeitig besorgt. »Gut, dass ihr da seid. Es gibt da eine Neuigkeit, die mir großes Unbehagen bereitet. Schnell, kommt rein! Wollt ihr einen Tee mit Honig? Macht es euch doch vor dem Feuer gemüt–«

»Keine Zeit für Tee, Onkel Archibald«, erklärte Otto und ließ sich auf einen Sessel fallen, der mit einem Fell bezogen war. Eigentlich hatte Otto großen Durst, außerdem duftete es in der ganzen Hütte verführerisch nach Honig, aber sie durften sich jetzt nicht aufhalten. »Schieß los, welche Neuigkeiten meinst du?«

»Es geht um Tante Sharon«, begann Onkel Archibald aufgeregt und setzte sich Otto gegenüber. »Ihr werdet es nicht glauben, aber deine Tante ist hier. Hier, im Jenseits. Über die Schneekugel hat sie mich nach meinem Aufenthaltsort gefragt.« Seine Stimme wurde plötzlich ganz zittrig. »Sie ist doch nicht etwa –«

»Tot? I wo! Da brauchst du dir keine Sorgen zu machen.«, lachte Vincent. »Die Alte ist so quickfidel wie ein junger Hund. Sie ist bloß durch ein geheimes Jenseitsportal hierhergelangt und hält sich illegal hier auf, genau wie wir. Na ja, mal abgesehen von dem schokoladensüchtigen Professor hier. Der gehört natürlich ins Jenseits, er ist ja schon lange tot. Bei einem Laborunfall gestorben. Sehr tragisch.«

Onkel Archibald starrte Vincent an. »Sharon lebt? Gott sei Dank!« Verunsichert blickte er aus dem Fenster in den Jenseitswald. »Aber wenn sie hier herumläuft, könnte sie jederzeit von Sensenmännern entdeckt werden. Woher weiß sie überhaupt, dass ich mich lebendig im Jenseits befinde? Du hast es ihr doch nicht etwa verraten, Otto?«

Otto schüttelte den Kopf. »Das war nicht ich, sondern Sir Tony«, verteidigte er sich.

»Sir Tony. Ja, die alte Plaudertasche kann kein Geheimnis bewahren.« Onkel Archibald rollte genervt mit den Augen. Wie es aussah, schien Ottos Onkel Sir Tonys schrullige Art schon von seinen Geisterforschungs-Experimenten im Radieschenweg zu kennen. »Wir müssen Sharon unbedingt finden und sie zurück ins Diesseits bringen.«

»Tja, ich fürchte, das ist nicht so einfach«, erklärte Vincent, der hinüber zu Onkel Archibalds Chemielabor geflattert war und in einen der Behälter spähte. Darin blubberte eine zähe goldgelbe Flüssigkeit vor sich hin. »Denn ein ziemlich unheimlicher Jenseitsbewohner namens Malone begleitet Tante Sharon. Und während du dich hier als Imker betätigst und munter lecker duftenden Honig produzierst, hat Malone sich vorgenommen, dich zu finden. Warum auch immer.«

»Malone! Dieser merkwürdige Lehrer?«, kombinierte Onkel Archibald. »Der vorgibt, mich zu kennen?« Er hielt inne. »Und Vincent, das hier ist kein gewöhnlicher Honig, auch wenn zugegebenermaßen etwas Honigextrakt beigefügt wurde. Sondern meine neueste Erfindung. Ich nenne sie … C.R.E.M.E.«

»Creme! Oh, wie kreativ«, lästerte Vincent und rollte mit den Augen. »Aber ich fürchte, so etwas gibt es schon. Handcremes, Hautcremes, Faltencremes, Sonnencremes. Cremes, so weit das Auge reicht!«

Onkel Archibald schüttelte den Kopf. »Aber das ist doch keine gewöhnliche Creme. Die Abkürzung steht für **C**hemische **R**eagenzflüssigkeit zur **e**wigen **m**enschlichen **E**xistenzerhaltung.« Seine Stimme wurde plötzlich ehrfürchtig. »Freunde, ich glaube, das hier ist mein Meisterwerk.«

Wie gebannt starrten Otto und Emily auf die Flüssigkeit in dem Behältnis. Dieses Zeug, das aussah und roch wie Honig und den unspektakulären Namen C.R.E.M.E. trug, war ein Wundermittel, um ewig zu leben?

»Heißt das, ein Jenseitsbewohner könnte die Creme benutzen, um für immer unerkannt im Diesseits zu leben? Für immer?«, erkundigte sich Harold erstaunt.

Onkel Archibald nickte. »Sterben kann man ja nur einmal. Und wenn man dieses leidige Übel mal hinter sich hat … lebt man eben ewig. Wenn man diese Creme benutzt. Man muss es allerdings regelmäßig tun, einmal die Woche. Und im Winter noch etwas häufiger, denn da ist man ohnehin noch blasser als im Sommer, wegen der fehlenden Sonnenstrahlen. Klingt doch logisch, oder? Ihr könnt es euch ein bisschen so vorstellen wie Selbstbräuner.«

»Aber was ist mit der App auf meinem Seelen-Messenger?«, überlegte Harold laut, zückte sein Smartphone und hielt es vor Onkel Archibalds Augen. »Wir vom SBI besitzen seit Kurzem ein spezielles, revolutionäres Programm, um die entlaufenen Jenseitsbewohner einzufangen. Man muss jemanden nur fotografieren, um festzustellen, ob er lebt oder tot ist. Das Ergebnis kommt binnen Sekunden. Warten Sie, Archibald, ich demonstriere es Ihnen mit einem Selfie.« Harold zückte sein Smartphone und schoss ein Bild von sich selbst. Danach hielt er Onkel Archibald das Telefon vor die Nase. Unter Harolds Selfie war ein Ergebnis eingeblendet worden. »Sehen Sie. Hier steht: *Sie haben ein Objekt nicht lebenden Ursprungs fotografiert. Seit 521 Jahren tot.* Bei mir ist das Ergebnis ganz eindeutig.«

Onkel Archibald grinste. »Auch das hab ich berücksichtigt. Die Creme reflektiert so stark, dass eure Smartphones kein Foto vom Träger der Creme schießen können. Wenn man sich eingecremt hat, ist eure App also nutzlos. Kein Sensenmann könnte mich als Jenseitsbewohner überführen und zurück ins Jenseits zerren.«

»Erstklassige Arbeit, Archibald«, rief Professor Schwefelkopf und klopfte Onkel Archibald auf die Schulter. »Das muss ich neidlos anerkennen. Von Wissenschaftler zu Wissenschaftler.«

Ehrfürchtig starrte Otto seinen Onkel an und versuchte, das Gesagte zu begreifen. Wie abgefahren war das denn? Eine Substanz, die es möglich machte, von den Toten zurückzukehren und ewig zu leben. Diese Erfindung musste ein Vermögen wert sein. Und außerdem musste man sicherstellen, dass sie nicht in die falschen Hände gelangte. Kein Wunder, dass Mr Malone …

Ottos Gedanken stoppten abrupt, als ein festes Klopfen ertönte. Das Geräusch hallte durch den Raum, in dem es augenblicklich totenstill wurde. Jemand stand vor der Hütte.

Emily schlich geistesgegenwärtig zum Fenster und spähte hinaus. »Ach du liebe Zeit! Es ist Malone. Er ist hier«, flüsterte sie. Ängstlich presste sie sich an die hölzerne Hüttenwand, damit Malone sie nicht sehen konnte.

»Bleibt alle weg vom Fenster«, warnte Onkel Archibald. »Emily, kannst du erkennen, ob Sharon bei ihm ist?«

»Nein, ich sehe sie nicht«, wisperte Emily. »Ich bin mir ziemlich sicher, dass Malone allein ist.«

Einen Moment lang hielten alle die Luft an. Vincent klammerte sich ängstlich an Harolds knochiges Bein, doch der schüttelte ihn angewidert ab.

»Machen Sie auf, Archibald. Ich weiß, dass Sie da drin sind«, ertönte jetzt Malones laute tiefe Stimme von draußen. »Und ich weiß außerdem von Ihrer neuen grandiosen Erfindung. Wenn Ihnen etwas an Ihrer Frau liegt, dann rate ich Ihnen dringend, mir dieses Zeug auszuhändigen, am besten abgefüllt in großen Gurkengläsern. Ist das angekommen?«

Onkel Archibald erstarrte. »Er will die Creme!«

»Ganz sicher will er die. Aber du darfst sie ihm nicht geben, Onkel Archibald«, beharrte Otto. Von der Flüssigkeit hatte Onkel Archibald inzwischen gut drei Liter gebraut. Auch ohne das Rezept würde sich Mr Malone nicht mehr mit einfacher Schminke bemalen müssen. Und auch kein Sensenmann der Welt würde ihn überführen können.

»Aber was ist mit Ottos Tante Sharon?«, entfuhr es dem Professor. Auf seiner Stirn hatten sich dicke Schweißtropfen gebildet. »Sie ist nicht bei ihm. Bestimmt hält er

sie irgendwo gefangen. Oh Mann, ich bin so aufgeregt, hätte ich doch bloß etwas Schokolade dabei.«

»Siggi hat recht. Wir müssen herausfinden, was mit Tante Sharon passiert ist«, beschloss Otto und lief nervös auf und ab. »Antworte ihm, Onkel Archibald. Versuch es mit einem Trick. Sag ihm, dass du ihm die Creme geben wirst, aber erst wissen willst, wo sich Tante Sharon befindet.«

Onkel Archibald nickte. »Na gut, ich gebe dir die Creme«, sagte er dann laut. »Aber vorher verrätst du mir, wo meine Frau steckt!« Die Sorge in seiner Stimme war nicht zu überhören.

Malone lachte kehlig. »Das hättest du wohl gerne. Aber ich gebe dir einen Hinweis. Deiner Frau geht es gut. Sie befindet sich nicht weit von hier, da wo der Fluss fließt und wo die Jenseits-Schafe grasen. Aber versuch erst gar nicht, abzuhauen. Ich will die Creme. Und zwar sofort.«

Onkel Archibald schnappte nach Luft. »Die Höhle!«

Emily runzelte die Stirn. »Welche Höhle?«

»An dem Platz, den Mr Malone beschreibt, befindet sich eine Höhle.« Onkel Archibald deutete auf die alten Gläser in seinem behelfsmäßigen Chemielabor. »Dort habe ich die Dinger gefunden. Sie liegt unterhalb eines kleinen Abhangs, hinter dichten Sträuchern versteckt. Bestimmt hält er Tante Sharon dort versteckt.« Er schnappte sich eine Felljacke vom Haken. »Ich muss sie finden.«

»Wird's bald? Ich bin zwar schon tot, aber ich habe nicht ewig Zeit!«, rief Malone vor der Tür, gefolgt von einem selbstgefälligen Lachen.

Nervös blickte Otto von der Tür zurück zu Onkel Archibald. »Du willst nach ihr suchen, Onkel? Aber du kannst Malone doch jetzt nicht einfach in die Arme laufen.«

»Ich verschwinde durchs Fenster«, erklärte Onkel Archibald und deutete zur Rückseite der Hütte. Er schob die Vorhänge beiseite und kletterte auf die Fensterbank. »Wenn ich hinter der Hütte gleich im Wald verschwinde, ahnt Malone nicht, dass ich mich aus dem Staub gemacht habe. Und ihr bleibt hier sicher in der versperrten Hütte, bis ich mit Sharon wieder zurück bin.«

Otto schluckte. »Aber –«

In diesem Moment ertönte ein lauter Knall und die gesamte Hütte erzitterte. Malone musste einen schweren Gegenstand gegen die Holztür gerammt haben.

»Wir müssen die Tür öffnen«, rief Emily. »Sonst macht er die ganze Hütte dem Erdboden gleich. Wer weiß, wozu der Typ noch fähig ist.«

Otto raufte sich die Haare. »Er wird durchdrehen, wenn er entdeckt, dass Archibald nicht mehr da ist. Er wird sich die Creme schnappen und die Verfolgung aufnehmen.«

Professor Schwefelkopf hielt inne. »Nicht wenn ich

mich als Onkel Archibald ausgebe«, unterbrach er die Gruppe. Er hatte schon eine ganze Weile nichts mehr gesagt, anscheinend war er in Gedanken versunken gewesen. »Wir sehen uns ein bisschen ähnlich, findet ihr nicht? Abgesehen davon hat Malone Archibald noch nie mit eigenen Augen gesehen, oder, Archibald?«

»Nicht dass ich wüsste.« Archibald schüttelte den Kopf.

»Ich kann mich vorzüglich als Wissenschaftler ausgeben, immerhin bin ich selbst einer. Wir werden die Creme gut verstecken und versuchen, Malone mit diesem Trick ein Weilchen abzulenken«, versicherte Professor Schwefelkopf Onkel Archibald. »Bis ihr wieder zurück seid.«

»Gute Idee«, beschloss Onkel Archibald. Er schlüpfte aus seinem weißen Kittel und half Professor Schwefelkopf hinein. Auf der Brusttasche war Onkel Archibalds Name eingenäht. »Ich hoffe, euer Plan klappt. Und wenn nicht, dann muss ihm eben Harold mit seiner Sense gehörig Angst einjagen, denn ansonsten haben wir nichts, womit wir uns verteidigen können. Wo ist sie denn?«

Harold schluckte. Für einen Moment sah es so aus, als würde der Sensenmann rot anlaufen. »Hoppla. In der Aufregung muss ich sie vorhin bei Otto zu Hause liegen gelassen haben. Leider habe ich heute nur … ähm, mein Schmetterlingsnetz dabei. Nicht sehr Furcht einflößend, fürchte ich.«

»Du hast *was*?«, krähte Vincent entsetzt. »Knochengerippe, du bist echt dümmer, als die Polizei erlaubt.«

»Aber ich könnte Malone stattdessen mit ein paar fiesen Grimassen erschrecken. Auch wenn die ohne Gesichtsmuskeln irgendwie nicht mehr so funktionieren«, bot Harold an und hob die Schultern. »Aber was sagt ihr zu meinen lidlosen glühenden Augen? Sehen die nicht ziemlich bedrohlich aus?«

»Vor deinen Glupschaugen fürchtet sich doch noch nicht mal ein Regenwurm«, lästerte Vincent. »Ich beiße ihn einfach, so sieht's aus. Anscheinend bin ich der Einzige, der zu etwas nütze ist. Und du, Archibald, haust inzwischen durchs Fenster ab und suchst nach Tante Sharon. Abgemacht?«

»Abgemacht«, verkündete Onkel Archibald und öffnete das Fenster, um hinauszuklettern. »Ich komme zurück, so schnell ich kann.«

# Das Rettungskommando

Onkel Archibald war kaum ein halbe Minute aus dem Fenster in den Wald verschwunden, da ließ erneut eine enorme Erschütterung die Hütte erbeben. Staub rieselte von der Decke.

Emily sah aus dem Fenster und schluckte. »Oh nein. Malone hat sich ein massives Holzstück geschnappt und rammt es gegen die Hüttentür!«

»Was sollen wir jetzt tun, Harold?«, wisperte Otto beunruhigt. Seine Hände begannen zu schwitzen, langsam löste sich die Jenseits-Sonnencreme in ihre Bestandteile auf. Für solche Extremsituationen war dieses Zeug offensichtlich nicht geschaffen.

»Keine Panik, die Hütte hält das aus«, beruhigte ihn der Sensenmann. »Das ist eine Jenseitskonstruktion. Das Zeug ist für die Ewigkeit gebaut.«

»Sensenmann, ich glaube, du tickst nicht richtig«, warf Vincent ein. »Die Hütte hält doch noch nicht mal einen läppischen Windstoß aus. Und schon gar nicht einen Frontalangriff dieses elenden Rambos in Schwarz-Weiß. Mannomann, was für ein Haudrauf! Ich dachte immer, Kunstlehrer wären sensible Seelen.«

Einen Moment später fiel die Tür aus dem Rahmen und krachte auf den hölzernen Boden. Das kleine Fenster daneben zersplitterte, die Scherben fielen klirrend auf den Holzboden. Mr Malone ließ den schweren Baumstamm fallen, trat in den Türrahmen und baute sich vor Otto, Emily, Harold und dem Professor auf.

»Dann eben auf die harte Tour, Freunde«, verkündete er, klopfte sich den Staub von seinem Anzug und machte einige schwere Schritte in Onkel Archibalds Hütte. Otto erkannte seinen schrulligen Kunstlehrer kaum wieder. Sein Anzug strotzte nur so vor Dreck und sein Hut hatte Beulen bekommen. Für seine schmale Körperstatur schien Malone außerdem ganz schön viel Kraft zu besitzen.

Mr Malone grinste Otto an, dabei blitzten seine Augen unheilvoll. »Welch eine Ehre, endlich deinen Onkel kennenzulernen, mein Junge. Sein Blick wanderte nun zu Professor Schwefelkopf, der Archibalds Kittel trug. Zum Glück passte er ihm wie angegossen. »Ich habe schon viel von Ihnen gehört, Archibald. Sie sollen ja ein grandioser

Wissenschaftler sein. Ein Geisterforscher, um genau zu sein.«

»Geisterforscher? Oh, da irren Sie sich gewaltig«, widersprach der Professor und lachte verlegen. »Ich bin bloß ein einsamer Verstorbener, der sich aus der Stadt zurückgezogen hat. Ich weiß nicht, wen oder was Sie suchen, aber hier finden Sie es gewiss nicht, das kann ich Ihnen versichern, mein Freund.«

Otto grinste. Ausgezeichnet. Professor Schwefelkopf spielte seine Rolle wirklich gut. Hoffentlich konnte er Malone lange genug ablenken, sodass der echte Onkel Archibald in der Zwischenzeit Tante Sharon befreien konnte.

Mr Malone wurde wütend. »Kein Geisterforscher? Verkaufen Sie mich nicht für dumm! Sie haben doch hier alle Fäden in der Hand, mit Ihren tollen Erfindungen«, rief er und machte einige Schritte auf den Professor zu. Unsanft packte er ihn an den Schultern und presste ihn gegen die hölzerne Wand. Dabei blieb sein Blick für einen kurzen Moment an dem Chemiebaukasten hängen. »Sie führen doch hier Experimente durch, warum sonst hätten sie so viele Gefäße hier rumstehen? Und wie wäre es sonst möglich, dass Otto und Emily, zwei lebende Menschen, Sie im Jenseits besuchen kommen? Dass jegliche Farbe von ihren Körpern verschwunden ist? Und wie kann es sein, dass Sie hier im Jenseits leben, ohne in dem zentralen Totenregister aufgelistet zu sein? Erzählen

Sie mir also nicht, dass sie ein einfacher Jenseitsbewohner sind. Wenn Sie mich anschwindeln wollen, müssen Sie schon ein bisschen früher aufstehen.«

»Jetzt reicht es aber! Lassen Sie ihn los!«, rief Harold und presste sich zwischen Malone und den Professor. »Ihr Spiel ist ohnehin längst zu Ende. Ich schleife Sie gleich eigenhändig zurück zum SBI-Hauptquartier und liefere Sie dort ab, Sie elender Zombie. Für Sie bekomme ich garantiert die fetteste Belohnung meines Lebens. Na ja, vielleicht nicht meines Lebens … aber Sie wissen schon, was ich meine!«

Malone lachte. Scary Harry schien ihm nicht mal ein bisschen Angst einzujagen. »Und wie willst du das anstellen, Sensenmann? Für ein Gurkenglas bin ich eindeutig zu groß. Und Jenseitshandys haben hier im Wald keinen Empfang. Du hast ja noch nicht mal deine Sense dabei, du dämliches Knochengerippe.«

Harold zog seinen Seelen-Messenger aus der Tasche, prüfte den Empfang und schluckte. »Aber –«

»Nichts aber, Sensenmann. Der Empfang ist genauso tot wie du.« Malone fuhr herum und nahm nun Otto und Emily ins Visier. »So, und jetzt rückt Archibalds neueste Erfindung raus. Die Creme, mit der man für immer im Diesseits bleiben kann. Jede Wette, dass ihr zwei ach so cleveren Kids sie hier irgendwo versteckt habt. Ihr haltet euch ja für besonders schlau, das habe

ich schon gemerkt. Aber ich bin immer noch euer Kunstlehrer. Und ich kann euch in null Komma nichts durchfallen lassen.«

Emily schien das nicht einzuschüchtern. »Na los. Machen Sie nur. Wir haben keine Angst vor einem läppischen Aushilfslehrer, selbst wenn er schon hundert Jahre tot ist«, rief sie mutig und stemmte die Arme in die Hüften. »Dann werden wir unserer Direktorin verraten, wer Sie wirklich sind. Nämlich ein Betrüger. Und Betrüger werden in der Sigmund-Schwefelkopf-Schule nicht geduldet.«

»Sigmund-Schwefelkopf-Schule?«, echote Mr Malone plötzlich und tippte sich nachdenklich mit dem grauen Zeigefinger an die Lippen. Dabei nahm er den Professor von Kopf bis Fuß ins Visier. »Archibald, Sie kommen mir so bekannt vor. Wir haben uns doch irgendwo schon mal gesehen.«

Der Professor schnaubte und verschränkte die Arme. »Mit Menschen wie Ihnen war ich nie befreundet. Weder als Lebender noch als Toter. Und jetzt hauen Sie ab. Ich weiß beim besten Willen nicht, von welcher Creme Sie reden.«

»Moment mal.« Malone stürmte erneut auf den Professor zu, dabei griff er nach einem Glassplitter, der am Boden lag. »Sie veräppeln mich doch. Sie sind gar nicht Archibald, der Geisterforscher. Sie sind Sigmund Schwe-

felkopf. Ich bin erst kürzlich an ihrem Ebenbild aus Stein vorbeigegangen. Und außerdem klang Ihre Stimme noch ganz anders, als ich vor der Hütte stand. Irgendetwas ist hier faul.«

Oh Mist. Natürlich wusste Malone, wie Sigmund Schwefelkopf aussah. Das hatte Otto komplett vergessen. Auch wenn die beiden sich niemals kennengelernt hatten – jeder, der in Ottos Schule ging, kannte die Büste des Schulgründers. Natürlich auch die Lehrer.

»Eine Glasscherbe?« Der Professor lachte. »Ich bin doch schon tot. Was wollen Sie mir denn damit anhaben?«

»Aber die hier ist es noch nicht«, verkündete Malone, ließ den Professor los und schnappte sich stattdessen Emily. Drohend hielt er ihr die spitze Glasscherbe an den

Hals. »Sag schon, mein Liebes, wo ist der echte Onkel Archibald? Er kann ja wohl nicht weit weg sein.«

»Lass sofort Emily los, du käseweißer Lehrerganove!«, krähte Vincent. »Sonst segle ich auf deine Rübe und reiße dir alle Haare einzeln aus.«

»Ach! Eine Geisterfledermaus habt ihr auch mit dabei? Wie ulkig!« Malone lachte.

»Halb-Geisterfledermaus, wenn ich bitten darf«, korrigierte Vincent wütend.

Malone lachte noch lauter. »Eine Halb-Geisterfledermaus ist doch nicht bedrohlicher als ein einfaches Geisterschaf. Und jetzt sag schon, Emily, wo ist der echte Archibald hin? Hat er die Creme mitgenommen?«

Emily schluckte. Otto konnte sehen, wie sich Schweißtropfen auf ihrer Stirn bildeten und ihre normale Hautfarbe langsam zum Vorschein kam. Ihre Wangen leuchteten bereits rot vor Aufregung.

»Tun Sie ihr nichts«, rief Otto verzweifelt. Er musste Emily um jeden Preis vor Malone bewahren. »Onkel Archibald ist … im Wald. Losgezogen, um Tante Sharon zu suchen.«

»Na also.« Zufrieden machte Malone einen Schritt rückwärts und ließ Emily los, die erleichtert aufatmete. Inzwischen war auch das letzte bisschen Jenseits-Sonnencreme aus ihrem Gesicht verschwunden. »Ich wusste, dass du ein braver Junge bist, Otto. Und jetzt Abmarsch, aber dalli!« Malone trat durch die offene Tür hinaus in den Wald. »Folgt mir. Ich schnappe mir jetzt euren Onkel und die Creme, damit das klar ist.«

* * *

Mr Malone stapfte voran in den Wald. Otto, Emily, Professor Schwefelkopf und Harold versuchten, mit ihm Schritt zu halten, während der Weg unter ihren Füßen immer steiniger wurde. Sie mussten eine Steigung hinauf, bis zum Gipfel eines Berges. Hatte Mr Malone Tante Sharon etwa dort hingebracht?

»Mag sein, dass meine Orientierung nicht die beste ist, Otto«, murmelte Harold, der neben Otto den steilen Weg erklomm. »Aber die Höhle, in der Onkel Archibald deine Tante vermutet hat, liegt in der anderen Richtung.«

Otto schluckte. »Das heißt … du denkst, Onkel Archibald hat Tante Sharon noch gar nicht befreit?«

Harold seufzte. »Ich fürchte nicht. Gut möglich, dass uns Malone mit seinem Tipp vorhin absichtlich in die Irre führen wollte. Aber wenn wir Tante Sharon erst einmal gefunden haben, überlisten wir Malone und befreien sie. Otto, ich werde nicht zulassen, dass deiner Tante etwas passiert. Nur über meine Leiche!«

Otto nickte vorsichtig. Die ganze Aktion war ihm nicht geheuer. Wenn es tatsächlich stimmte und Onkel

Archibald ganz alleine durch den Wald irrte, befand sich Tante Sharon immer noch nicht in Sicherheit. Wie sollten sie es schaffen, sie zu befreien, ohne Malone die Creme auszuhändigen?

»Wir sollten allerdings sehr vorsichtig sein, denn dieser Wald ist nicht ganz ungefährlich«, fuhr Harold fort. »Es gibt Jenseitswildschweine. Und angeblich auch die berühmt-berüchtigten Jenseitsbienen.«

»Jenseitsbienen?«, rief Emily alarmiert.

»Elende Biester, die alles stechen, das auch nur ansatzweise süßlich riecht. Jeder Stich tut höllisch weh. Das gilt sogar für Tote.«

»Und was passiert, wenn die Bienen lebende Menschen stechen?«, fragte Emily vorsichtig.

»Falsche Frage, Emily«, murmelte Harold leise. »Versuch lieber, dich darauf zu konzentrieren, wie wir Malone überlisten können.« Harold prüfte zum wiederholten Male sein Handy. »Warum nur habe ich hier keinen Empfang? Dämlicher Wald. Dämliches Netz. Ich wette, den Meistern aller Geister wäre das nicht passiert.« Er seufzte. »Gundula lacht sich bestimmt tot, wenn sie erfährt, dass ich meine Sense vergessen habe. Und diesen entlaufenen Jenseitsbewohner Malone einfach habe entwischen lassen. Vielleicht bin ich sogar meinen Job los, wenn das im SBI die Runde macht.«

»Aber das wäre doch toll«, warf Emily ein. »Wünschst

du dir das denn nicht? Keine Seelen mehr einsammeln zu müssen? Das SBI ein für alle Mal los zu sein?«

Harold dachte einen Moment lang nach. »Ach ja, stimmt. Das SBI los zu sein, wäre zu schön, um wahr zu sein. Vielleicht entlassen die mich aber auch nicht, sondern brummen mir stattdessen tausend Extrajahre auf. Oder ich muss ab morgen Küchendienst in der Kantine verrichten und bis in alle Ewigkeit Teller waschen …«

»So. Da sind wir«, verkündete Malone plötzlich und blieb stehen. Otto sah sich um. Sie waren bis zum höchsten Punkt des Berges geklettert und befanden sich direkt über einer steinigen Schlucht. Von hier aus führte nur ein schmaler Weg nach unten, den Abhang entlang, bis an einen rauschenden Fluss.

»Wo ist meine Tante?«, presste Otto hervor.

»In einer der Höhlen, habe ich euch doch gesagt«, brummte Mr Malone. Er führte die Truppe den Pfad hinab, bis sie zu einem staubigen Felsvorsprung gelangten. Malone schob ein paar Sträucher zur Seite und spähte ins Dunkel dahinter. »Sharon? Ich habe Besuch für dich.«

Otto folgte seinem Blick. Hinten in der Höhle, zusammengekauert in einer Ecke, hockte seine Tante Sharon. Ihre kurzen wuscheligen Haare standen zu Berge, ihr kariertes Hemd und ihre blauen Jeans waren von oben bis unten mit Dreck verschmiert und sie zitterte am

ganzen Leib. Als sie Otto und Emily erblickte, weiteten sich ihre Augen vor Überraschung. Malone hatte ihr den Mund mit Klebeband verbunden, sodass sie nur ein Wimmern herausbrachte.

Sie versuchte aufzustehen, doch ihre Hände und Füße waren gefesselt.

Malone blickte sich in Tante Sharons Versteck um. »Kein Archibald hier?«, erkundigte er sich und kam Otto bedrohlich nahe. »Habt ihr mich etwa angeflunkert? Hattet ihr neunmalklugen Kinder nicht behauptet, er wäre auf dem Weg zu seiner Frau? Ich hoffe für euch, dass ihr mir schnell Onkel Archibald inklusive seiner dämlichen Creme bringt, denn sonst –«

»Sonst was?«, rief Otto herausfordernd. Tante Sharon so verängstigt zu sehen war fürchterlich, aber er durfte keinesfalls zeigen, dass er selbst große Angst hatte. »Was wollen Sie sonst tun, Malone? Onkel Archibald streift irgendwo durch die Wälder, auf der Suche nach Tante Sharon. Wir können ihn auch nicht herbeizaubern.«

Malones Ausdruck wurde immer grimmiger. »Das rate ich euch aber.« Mit einer flinken Bewegung befreite er Tante Sharon von ihrer Fußfessel und zerrte sie grob bis an den Rand des Abgrunds. »Ich gebe eurem Onkel zehn Sekunden, um hier aufzutauchen. Sonst wird er seine Frau am Grund der Schlucht wiedersehen.« Er hob den Kopf. »Hast du das gehört, Archibald?«, schrie er, so laut er konnte. Seine Stimme hallte unheimlich von den Felswänden der Schlucht wider. »Du lässt dich lieber schleunigst hier blicken. Zehn …«

»Ich gehe Onkel Archibald suchen, Otto«, verkündete Vincent, krabbelte auf Ottos Schulter und erhob sich eilig in die Lüfte. »Vielleicht finde ich ihn irgendwo im Wald. Dann lotse ich ihn zu euch, alles klar, Freunde? Haltet die Ohren steif.«

»Danke, Vincent«, wisperte Otto zurück.

»Neun«, fuhr Malone fort und stupste Tante Sharon an den Abgrund. Staub rieselte in die Schlucht. »Acht.«

»Hören Sie auf damit«, rief Harold und nahm seine Kapuze ab. »Lassen Sie Ottos Tante los!«

Tante Sharon quiekte erschrocken, als sie Harolds knochigen Schädel sah. Arme Tante Sharon. Erst die Reise durch die Mülltonne ins Jenseits, dann nahm Malone sie in seine Gewalt und jetzt erblickte sie auch noch ein lebendes Knochengerippe. Das war zu viel für ihre Nerven.

»Sieben … keine Chance, Sensenmann«, rief Malone selbstzufrieden und hielt Tante Sharon noch fester am Arm. Ihr linker Fuß baumelte über dem Abgrund. »Und glaub ja nicht, dass du mich einschüchtern kannst. Erst die Creme … sechs … fünf.«

»So schnell findet Onkel Archibald uns nicht«, flüsterte Otto Emily zu.

Emily nickte. »Wir müssen etwas tun.«

»Vier«, unterbrach Malone sie.

Tante Sharon gab ein ängstliches Schluchzen von sich.

»Aber was? Wir haben die Creme nicht mitgenommen«, erklärte Otto verzweifelt. »Du hast sie vorher in der Hütte versteckt, bevor wir losgezogen sind.«

»Drei«, schrie Malone. »Ich würde deinem Onkel raten, sich zu beeilen, wenn ihm etwas an seiner Frau liegt. Meinst du nicht, Otto?«

Emily schluckte. Im Schatten des Verstecks öffnete sie ihre Tasche und ließ Otto einen Blick hineinwerfen. Darin befand sich ein Gefäß mit zäher, klebriger Flüssigkeit, nicht größer als ein Marmeladenglas.

Harold folgte Ottos Blick. »Die Creme? Emily, hast du etwa –«

»Zwei«, rief Malone nun so laut, dass Otto Gänsehaut bekam.

»Du musst sie ihm geben«, beharrte auch der Professor.

»Eins.«

»Halt!«, rief Emily, zog das kleine Gefäß aus ihrer Tasche und hielt es gegen das Sonnenlicht. »Lassen Sie Ottos Tante sofort los. Ich habe die Creme dabei.«

»Oh.« Malone lockerte seinen Griff um Tante Sharon, stieß sie unsanft zu Boden und nahm die Creme entgegen. Ehrfurchtsvoll betrachtete er die Flüssigkeit in dem Gefäß. »Warum nicht gleich, Emily?«

Während Malone das Marmeladenglas öffnete, nutzte

Tante Sharon die Gelegenheit, an Ottos Seite zu flüchten. Harold befreite Tante Sharon von den Fesseln, während Otto das Klebeband von ihrem Mund zog.

»Und Sie … sind Sie … etwa auch ein Geist?«, murmelte Tante Sharon, während sie Harold von oben bis unten musterte – seinen knochigen Schädel, seine schwarze Kutte und schließlich seine Jeans und die verschiedenfarbigen Turnschuhe, die darunter hervorragten.

»Nicht ganz. Sensenmann. Mein Name ist Harold, auch bekannt als Scary Harry«, verkündete er mit verwegener Stimme. »Stets zu Diensten und immer bereit, Freunden aus der Patsche zu helfen.«

»Sensenmann?« Tante Sharon runzelte die Stirn. »Sollten Sie denn nicht eine Sense dabeihaben?«

»Tja, die … äh … liegt bei Ihnen in der Küche«, sagte Harold kleinlaut.

»Wer sagt mir, dass ihr mich nicht übers Ohr haut?«, mischte sich Malone plötzlich ein. Mit zusammengekniffenen Augen schnupperte er an der Flüssigkeit. Er hatte sich so hingestellt, dass er den schmalen Trampelpfad blockierte, den einzigen Weg, der aus der Schlucht zurück nach oben führte. »Hier haut niemand ab, bevor ich nicht sichergestellt habe, dass die Creme wirkt. Wenn es stimmt, müsste sich sofort wie durch Zauberhand menschliche Farbe an meinem Körper bilden.«

»Oh-oh.« Emily schluckte.

»Was?«, flüsterte Otto seiner Freundin zu.

»Otto … das ist … bloß Honig«, winselte sie panisch, während Malone die klebrige Flüssigkeit auf seiner Haut verstrich. »Aus Onkel Archibalds Schrank in der Hütte. Das Zeug hat dieselbe Konsistenz und den gleichen Geruch wie die echte Creme. Also habe ich sie schnell ausgetauscht, bevor wir mit Malone aufgebrochen sind.«

Otto seufzte tief. Emily war einfach ein Genie. Trotzdem würde die ganze Truppe gleich mächtig in der Tinte stecken, wenn Malone erst mal mitbekommen hatte, dass er nichts als stinknormalen Honig auf der Haut trug.

»Dieses blöde Zeug wirkt nicht«, verkündete Malone prompt. Wie gebannt starrte er auf seine Haut, die immer noch grau im Sonnenlicht schimmerte. »Ihr habt mich veräppelt. Keinen Schimmer, was das hier für eine Substanz ist, aber das ist bestimmt … nicht die Creme, die mich für immer in der Menschenwelt bleiben lässt.«

Plötzlich schlug er sich mit der flachen Hand auf den Arm. »Autsch!«

»Seht nur«, stieß Emily hervor, während Malone anfing, wild um sich zu schlagen. »Bienen! Die Jenseitsbienen, die Harold erwähnt hat. Der Honig zieht die Insekten an.«

»Was zur … schafft mir die Biester vom Leib!«, rief Malone völlig außer sich. Inzwischen schwirrten unzählige Jenseitsbienen um ihn herum und stachen ihn in die Arme. Einige davon saßen auf seinem Hals und krabbelten ihm in den Kragen. »Das ist … eine miese Falle! Das werdet ihr mir büßen.«

»Schnell. Jetzt oder nie«, rief Harold und bahnte sich den Weg an Malone vorbei zu dem Trampelpfad, der aus der Schlucht in Sicherheit führte. »Kommt. Wir müssen hier weg, bevor dieser Mistkerl erkennt, dass Bienenstiche nicht töten können, wenn man schon tot ist. Los, nehmt die Beine in die Hand.«

Otto gehorchte. Mit Tante Sharon im Schlepptau flüchteten er, Emily, Harold und Professor Schwefelkopf aus der Schlucht. Otto wagte es nicht, sich umzublicken. Immer noch hörten sie Malones Schreie hinter sich. Sie stolperten den Hang hinauf durch das Dickicht, bis sie der Weg schließlich wieder ans graue Tageslicht führte. Oben warteten Onkel Archibald und Vincent bereits auf sie.

»Ich hab ihn! Ich hab ihn«, krähte Vincent und flatterte freudig im Kreis. Ottos Hausfledermaus sah noch zerzauster aus als sonst. »Vor Aufregung bin ich gegen zwanzig Baumstämme geknallt, aber dann hab ich Onkel Archibald entdeckt. Und sofort hierhergebracht.«

»Archibald«, flüsterte Tante Sharon und rieb sich die Augen. Ihre Knie zitterten und Otto fürchtete, dass sie gleich ohnmächtig werden würde. Sicherheitshalber hielt er sie fest. Doch dann machte sich ein Lächeln auf Sharons Lippen breit. »Archibald. Du bist es tatsächlich. Und das da ist … eine sprechende Fledermaus. Ich glaube langsam, ich träume. Das ist doch alles gar nicht möglich.«

Zögernd machte sie einen Schritt auf ihren Mann zu. Archibalds Unterlippe zitterte. Er versuchte, etwas zu sagen, aber er brachte kein Wort heraus. Eine Träne kullerte über seine Wange, als er seine Arme ausbreitete. Tante Sharon warf sich schluchzend an seine Brust und hielt ihn fest, so als wolle sie ihn nie wieder loslassen.

Keiner der anderen sagte etwas. Gerührt griff Emily nach Ottos Hand und drückte sie. Professor Schwefelkopf seufzte leise und sogar Harold schien ergriffen. Otto konnte aus dem Augenwinkel sehen, wie er sich in den Ärmel seiner Kutte schnäuzte.

Nach einer Weile lösten Sharon und Archibald sich wieder voneinander. »Was ist mit Malone?«, erkundigte sich Ottos Onkel. »Habt ihr ihm meine Creme gegeben?«

Emily schüttelte den Kopf. »Nein. Die echte Creme befindet sich in Sicherheit, in der Hütte. Malone hat stattdessen deinen Honig aus dem Küchenschrank aufgetragen und kämpft gerade gegen einen Schwarm Jenseitsbienen.« Sie kicherte. »Ich würde vorschlagen, wir holen die echte Creme, und zwar so schnell wie möglich. Und dann geht's ab durch den Gully, zurück in unsere Welt. Und Onkel Archibald nehmen wir gleich mit.«

Tante Sharon runzelte die Stirn. »Ihr meint … zurück in den Radieschenweg?«

»Na klar. Sobald ich die Creme selbst aufgetragen habe, bin ich startklar, Leute.« Onkel Archibald kicherte, als sie sich einen Weg durchs Unterholz zurück zur Hütte bahnten. »Ich vermisse die Geisterforschung. Die Hausgeister habe ich ewig nicht mehr gesehen. Ich kann es kaum erwarten, in meine geheime Kammer unter dem Dachzimmer zurückzukehren.«

»Geheime Kammer?«, rief Tante Sharon verwundert.

»Nicht so wichtig«, unterbrach Harold sie und zwinkerte Otto verschwörerisch zu. Er zog die Sanduhr aus seiner Tasche und hielt sie Otto und Emily vor die Nase. »Die Zeit wird knapp und ihr wollt doch nicht alle eure Farbe verlieren, oder? Sonst werdet ihr auf Dauer ziemlich viel von Archibalds Creme benötigen. Anstatt über irgendwelche geheimen Kammern zu labern, sollten wir uns lieber so schnell wie möglich ins Diesseits retten. Und dann lasse ich das illegale Jenseitsportal schließen, damit uns Malone nicht mehr folgen kann.«

## Signale aus der Zwischenwelt

Wie viel Zeit haben wir noch?«, erkundigte sich Emily nervös, während sie Harold mit schnellen Schritten zurück in Richtung der Häuser folgten. Otto, Professor Schwefelkopf, Archibald und Sharon bemühten sich, mit dem Sensenmann mitzuhalten. »Kannst du noch mal einen Blick auf deine Sanduhr werfen, Harold?«

»Zwölf Minuten und dreißig Sekunden«, erklärte Harold entschieden und eilte weiter. »Für Tante Sharon sind es vermutlich noch einige Minuten weniger, immerhin ist sie vor uns ins Jenseits gelangt. Also gebt Gas, wir müssen den Gully erreichen. Außerdem wäre es nicht schlecht, möglichst viel Abstand zwischen uns und Malone zu bringen, für den Fall, dass er sich an uns rächen will.«

Onkel Archibald blieb plötzlich stehen. »Aber was ist mit meinen Erfindungen? Mit dem Rezept für die Creme? Ich kann noch nicht mitkommen. Ich muss noch mal in meine Hütte, um das Rezept zu holen.«

Emily runzelte die Stirn und sah unschlüssig zwischen Onkel Archibald und Harold hin und her. »Reicht die Zeit, um noch mal zu Archibalds Hütte zu laufen?«

»Vergesst es.« Harold schüttelte entschieden den Kopf. »Wenn ihr vorhabt, noch ein Weilchen im Diesseits zu verbringen, dann macht mal lieber keinen Zwischenstopp, Leute. Die Zeit ist knapp und das Risiko, dass wir uns noch mal verlaufen, viel zu groß.« Harold sah sich um, dann steuerte er nach links. »Hier entlang. Oder doch nach rechts?« Er rieb sich die knochige Stirn. »Komm schon, Scary Harry, streng dein Oberstübchen an.«

Otto wurde immer nervöser. Onkel Archibald brauchte das Rezept seiner Creme, sonst konnte er bloß den Vorrat benutzen, den er jetzt bei sich trug. Sobald dieser zur Neige ging, standen sie vor einem Problem.

»Aber ich *muss* zurück zur Hütte«, beharrte Onkel Archibald und trat nervös von einem Bein aufs andere. »Sonst geht mir im Radieschenweg früher oder später die Farbe aus.«

Tante Sharon streckte die Hand nach Onkel Archibald aus. Sie sah verzweifelt aus. »Ich begleite dich.«

»Nein, auf gar keinen Fall! Sieh du lieber zu, dass du

schnell zurück in den Radieschenweg kommst, Sharon.« Onkel Archibald strich seiner Frau liebevoll übers kurze Haar. »Ich komme nach. Versprochen.« Er blickte entschlossen hinüber zu Harold. »Lässt du das Portal so lange noch offen, Sensenmann?«

Harold zwinkerte Onkel Archibald zu. »Klaro. Noch weiß ja bloß ich, wo es sich befindet. Es wird also kein anderer Sensenmann auf die Idee kommen, es zu schließen. Aber lass dir trotzdem keine Ewigkeit Zeit, Archibald, hörst du?«

Während sich Onkel Archibald in die gegenüberliegende Richtung aufmachte, kämpften sich Vincent, Professor Schwefelkopf, Tante Sharon, Harold, Otto und Emily weiter durch den Wald vorwärts. Otto hoffte inständig, dass sein Onkel tatsächlich rechtzeitig durch das Portal nachkommen würde, sobald er das Rezept für die Creme geholt hatte. Aber zuerst mussten sie sich darauf konzentrieren, selbst rechtzeitig zurückzureisen. Es blieben kaum mehr zehn Minuten!

Zum Glück konnte Otto schon in der Ferne durchs Dickicht der Bäume die ersten Häuser erkennen.

»Da ist die Stadt!«, rief Emily erleichtert und war drauf und dran, aus dem Wald zu stürmen. »Ich sehe schon die Bäckerei. Harold, wir sind da! Jetzt müssen wir noch in den Gully klettern, und schon reisen wir zurück.«

»Halt, mein Fräulein.« Harold zog Emily am Ärmel

zurück. »Hast du etwa vergessen, dass du nicht mehr schwarz-weiß bist? Du und Otto leuchtet nur so vor Farbe. Und damit meine ich nicht nur den Pickel auf deinem Kinn, Emily.«

Emily schluckte. »Stimmt. Und Tante Sharon trägt ohnehin kein bisschen Jenseits-Sonnencreme am Körper. Wir können auch nicht nachcremen, ich muss das Fläschchen vorhin im Wald verloren haben. So ein Mist!«

»Wir müssen abwarten, bis die Luft rein ist.« Harold versteckte sich hinter einem Baumstamm und spähte zum Platz, wo sich der Gully befand. »Auf mein Kommando stürmen wir zum Gully und klettern hinein. Alles klar?«

»Ohne mich«, sagte der Professor und hockte sich ins Moos. »Leute, ich bleibe hier. Ihr wisst ja, dass ich für das Diesseits nicht besonders viel übrig habe. Die dröhnenden Motoren. Überall Handys. Da bleibe ich lieber im Jenseits.« Er hielt Harold seine Handgelenke entgegen. »Du darfst mich offiziell einfangen und deine Belohnung kassieren, Sensenmann. Ich bewege mich nicht vom Fleck.«

»Im Ernst?« Harolds Augen fingen an zu leuchten. Er sah plötzlich aus, als wären Weihnachten und sein Geburtstag auf denselben Tag gefallen. »Du … ergibst dich?«

»Klar. Aber nur, wenn ich vorher ein Schokohörnchen kriege. Macht's gut, Kinder!«

»Abgemacht.« Harold strahlte. »Okay, Otto, die Luft ist rein. Schafft ihr es ohne mich bis zum Gully?«

Otto und Emily nickten, nahmen Tante Sharon an die Hand und eilten aus dem Wald bis zu dem Gully vor der Bäckerei. Otto kletterte als Erster hinab, doch als er die letzte Sprosse der Leiter erreicht hatte, zögerte er. Das Wasser sah dunkel, kalt und ungemütlich aus.

»Los, Otto. Wir haben höchstens noch eine Minute Zeit«, drängte Emily hinter ihm.

Otto fröstelte, doch dann gab er sich einen Ruck, schloss die Augen und ließ sich ins Wasser fallen. Er bereitete sich aufs Eintauchen ins kalte Nass vor, doch merkwürdigerweise spürte er keinen einzigen Tropfen Wasser an seiner Kleidung. Ganz im Gegenteil. Er fühlte sich schwerelos und ihm war, als würde er durchs All schweben.

Das Portal. Er befand sich nicht im Schacht des Brunnens, sondern bereits im Portal. Ausgezeichnet. Jetzt musste er nur noch abwarten, bis er in einen Berg aus zerknüllten Zeitungen fiel.

Doch die Reise zurück ins Diesseits schien diesmal länger zu dauern. Während sich rings um Otto schwarzes Nichts ausbreitete, hörte er merkwürdige Geräusche. Ein Schlürfen, ein Zischen, ein Rauschen wie von Wellen. Und plötzlich war da auch eine Stimme. Jemand rief seinen Namen, doch die Stimme schien von weither zu kommen.

»Otto? Otto, kannst du mich hören?« Es war die Stimme einer Frau. Otto horchte auf. Er wusste genau, wem die Stimme gehörte, auch wenn es schon mehr als zwei Jahre her war, dass er sie zum letzten Mal gehört hatte.

»Mum?«, fragte Otto ungläubig und öffnete die Augen. Um ihn herum war immer noch alles schwarz und das Gefühl der Schwerelosigkeit war ebenfalls noch da. Reiste er immer noch vom Jenseits ins Diesseits?

»Otto! Hörst du mich, mein Junge? Es tut mir leid, dass das mit dem Portal nicht geklappt hat. Anstatt es von hier ins Diesseits zu legen, öffnete es sich im Jenseits … wir konnten nicht hindurch. Hörst du, was wir dir sagen wollen, Junge?«

»Mum? Bist du es wirklich?«, flüsterte Otto. Er blinzelte, doch die Schwärze vor seinen Augen ließ sich nicht vertreiben. Sprach da tatsächlich seine Mutter mit ihm? War sie es gewesen, die das Portal gelegt hatte? Um zu ihm zurückzukommen? Oder befand er sich in einem Traum und bildete sich alles nur ein?

»Keine Sorge, wir schaffen es schon irgendwie, zu dir zurückzukommen«, sagte die Stimme. Sie war nun ganz deutlich zu hören, direkt neben seinem Ohr. Viel realer als jeder Traum, den Otto jemals gehabt hatte. »Dein Dad hat einen Plan. Es wird alles wieder gut werden, hörst du?«

»Also seid ihr nicht … tot?«, fragte Otto. Doch kaum

hatte er das letzte Wort ausgesprochen, erfasste ihn ein wilder Strudel und ihm wurde urplötzlich übel. Reflexartig kniff er die Augen zusammen. So fühlte es sich an, kurz bevor man in der anderen Welt aufschlug, das wusste Otto bereits.

Als der Sog des Strudels schließlich nachließ und Otto es wagte, wieder die Augen zu öffnen, war immer noch alles dunkel. Bloß durch einen kleinen Spalt über seinem Kopf drang das Licht einer Straßenlaterne. Und dann schlug ihm ein atemberaubender Gestank entgegen.

Otto rümpfte angeekelt die Nase. Doch der Gestank war ein gutes Zeichen. Er war eindeutig wieder in der Mülltonne vor der Schule gelandet.

»Otto, bist du da?«, ertönte plötzlich Tante Sharons Stimme neben ihm. Sie versuchte vorsichtig, den schweren Deckel der Tonne zu heben. »Wo sind wir? Etwa wieder in der Mülltonne? Autsch!«

»Sharon?«, raunte Emily ein Stück weiter links. »Geht es dir gut?«

»Alles klar.« Tante Sharon seufzte. »Mir ist der Tonnendeckel bloß auf den Kopf geknallt.« Sie rieb sich die Stirn. »Ist das nicht ironisch? Um ein Haar hätte mich ein verrückter Zombie eine Klippe hinuntergestoßen, und dann schafft es ausgerechnet ein stinknormaler Tonnendeckel, mit eine Kopfnuss zu verpassen. Ich kann immer noch nicht glauben, dass das alles tatsächlich passiert ist.«

Gemeinsam stemmten sie den Deckel nach oben und Otto half seiner Tante aus der Tonne. Sie zitterte immer noch ein wenig. Arme Tante Sharon. Solche Abenteuer war sie nicht gewohnt. Vielleicht half es, wenn er sie schleunigst nach Hause brachte und ihr einen Tee machte. Und anschließend dabei half, das Chaos zu beseitigen, das Mr Malone im Haus verursacht hatte. Das war das Mindeste, das er für seine Tante tun konnte.

* * *

»Otto, das alles klingt wie … ein verrückter Traum.« Tante Sharon ließ sich in den Ohrensessel fallen und nippte an ihrem Pfefferminztee. »Bin ich wirklich mit einem … einem Zombie namens Mr Malone in die Mülltonne geklettert und im Jenseits gelandet? Habe ich wirklich meinen lieben Archibald wiedergefunden? Und ein sprechendes Knochengerippe gesehen?«

Otto sah aus dem Fenster, unschlüssig, was er darauf antworten sollte. Draußen war es immer noch dunkel. Er hatte keine Ahnung, wie viel Zeit inzwischen vergangen war. Er warf einen Blick auf eine der Uhren. Halb zwei. Jetzt erst spürte Otto, wie hundemüde er war. Er fühlte sich, als könnte er eine Woche durchschlafen. Vielleicht konnte er Tante Sharon überreden, ihm eine Entschuldigung für den kommenden Schultag zu schreiben.

Doch dann fiel ihm wieder Onkel Archibald ein. Hoffentlich würde er sicher hier im Diesseits ankommen. Was, wenn irgendetwas schiefgegangen war?

»Wo steckt denn unser Wissenschaftler?«, krähte Vincent, als Tante Sharon aufgestanden war, um sich noch etwas Tee zu holen. »Oder hat er etwa nach fünfzehn Jahren im Jenseits vergessen, wie man von der örtlichen Schule bis in den Radieschenweg gelangt?«

»Weißt du, Otto«, sagte Tante Sharon, als sie aus der Küche zurückkam. »Vielleicht ist das alles tatsächlich gar nicht passiert.« Sie rieb sich die Stelle am Hinterkopf, wo der Deckel der Tonne sie erwischt hatte. »Vielleicht fantasiere ich ja nur und habe Archibald gar nie wirklich getroffen. Und bin auch nie wirklich einem echten Sensenmann begegnet. Je länger ich darüber nachdenke, desto unwirklicher kommt es mir vor.«

»Doch, Tante Sharon«, erwiderte Otto, ohne nachzudenken. »Der Sensenmann ist echt. Sein Name ist Harold. Und er ist echt cool.«

»Cool?«, krächzte Vincent hinter dem Vorhang. »Eher faul, nervig und mit seinem neuen Hip-Hop-Outfit auch noch mehr als peinlich. So etwas tragen doch nur möchtegern-coole Kids und nicht fünfhunderteinundzwanzig Jahre alte Kerle. Wobei, das ist ja nur sein Dienstjahr. Wie alt ist der Typ eigentlich, wenn man seine echte Lebenszeit auf Erden mitrechnet? Weiß das irgendwer?«

»Schscht«, machte Otto. Zum Glück war Tante Sharon so in Gedanken versunken, dass sie Vincents Geplapper gar nicht wahrnahm. »Ein cooler Sensenmann? Otto, ist das dein Ernst? Ich fand die Vorstellung, dass es einen Sensenmann gibt, immer ziemlich … unheimlich.«

Otto wollte erwidern, dass Harold nur einer von vielen Sensenmännern war, aber genau in diesem Moment klingelte es an der Tür.

»Das muss Onkel Archibald sein!«, rief Otto aufgeregt und stürmte zur Haustür. Als er sie öffnete, stand tatsächlich sein Onkel vor ihm. Und Archibald war nicht länger schwarz-weiß. Er sah genauso aus wie auf den Fotos, die Tante Sharon Otto gezeigt hatte, nur etwas älter.

Überglücklich umarmte Otto ihn. Er roch nach Honig, aber ansonsten war nichts von der Creme zu sehen. Eine wirklich tolle Erfindung. Außerdem konnte ihn damit kein Sensenmann der Welt als entlaufenen Jenseitsbewohner überführen.

»Ich fasse es nicht«, sagte Tante Sharon, als Otto und Archibald das Wohnzimmer betraten. Um ein Haar wäre ihr die Teetasse aus der Hand gefallen. »Ich dachte schon, ich hätte mir alles bloß eingebildet. Aber du bist … tatsächlich hier, Archibald. Und in Farbe.«

»Hat etwas gedauert, mich von oben bis unten einzucremen.« Onkel Archibald lachte und schloss seine Frau

in die Arme. »Und dann musste ich mich vor einem Trupp Sensenmänner verstecken, die gerade Malone abgeführt haben. Ich habe ihn fast nicht erkannt, er war von oben bis unten mit Bienenstichen übersät. Aber nun bin ich endlich hier gelandet. Und ich hab nicht vor, so schnell wieder abzuhauen. Immerhin gibt es viel zu erforschen. Hausgeister. Sensenmänner. Das Jenseits. Und die Tatsache, dass Otto Geister sehen kann, ganz ohne Geisterbrille.« Er sah seinen Neffen an. »Dafür hat immer noch niemand auch nur die geringste Erklärung, oder?«

Otto schüttelte den Kopf.

Tante Sharon legte die Stirn in Falten. »Das hat aber sicher noch Zeit bis morgen Nachmittag«, sagte sie streng. »Otto muss morgen schließlich in die Schule.«

»Aber Tante Sharon, Onkel Archibald hat sicher eine Menge zu erzählen …«

»Keine Widerrede. Ab ins Bett mit dir, Otto!«

Seufzend ging Otto in sein Zimmer, nachdem er Onkel Archibald und Tante Sharon Gute Nacht gesagt hatte. Er war wirklich hundemüde. Was für ein verrücktes Abenteuer! Er konnte noch immer nicht fassen, dass er die Stimme seiner Mutter gehört hatte. Das bestätigte das, was Madame Olga damals während der Séance gesagt hatte. Seine Eltern waren nicht tot, sie befanden sich in einer Zwischenwelt. Vielleicht gab es für sie ja einen Weg, ins Diesseits zurückzukehren. Otto beschloss, diesen Weg zu finden. Bei Onkel Archibald hatte es schließlich auch geklappt. Und jetzt, wo er wieder da war, würde er Otto bestimmt dabei helfen.

Als Otto den Wecker seines Handys stellen wollte, sah er, dass eine SMS eingegangen war. Sie stammte von Harold.

```
Hi, Otto.
Morgen ist mein großer Auftritt,
wünsch mir Glück. Hab mächtig Lampen-
fieber. Ich hoffe, dein Onkel ist heil
im Diesseits angekommen. Das SBI hat
übrigens Malone geschnappt. Professor
Schwefelkopf wollte ihm als Trost ein
Schokohörnchen schenken, aber Malone
hatte bereits zu viel Bienenstich.
Kleiner Scherz, haha.
Also mach's gut, Otto, wir sehen uns.
Dein Kumpel Harold.
```

**Sonja Kaiblinger** wurde 1985 in Krems geboren und wuchs in einem fast 100 Jahre alten Spukhaus auf. Jedenfalls ist sie bis heute davon überzeugt, dass dort Geister ihr Unwesen treiben – anders kann sie sich die vielen merkwürdigen Ideen nicht erklären, die sie jedes Mal hat, wenn sie sich dort aufhält. Neben dem Schreiben reitet sie gerne und sammelt leere Gurkengläser, um sie zu Wucherpreisen an Sensenmänner wie Harold zu verkaufen.

**Fréderic Bertrand** wurde 1981 in Minden geboren und kurz darauf von allen guten Geistern verlassen. Er spukt nun schon seit einigen Jahren durch Berlin, wo er in seiner schaurigen Atelier-Höhle zu kreischenden Orgelklängen an grauenerregenden Bildern herumkritzelt. Neben dem Zeichnen tüftelt und schraubt er gern nächtelang an rostigen Gefährten, mit denen er dann rumpelnd und qualmend auf der Jagd nach Monstern durchs nächtliche Umland kutschiert.